许钧 谢天振 主编

梁宗岱译作选

梁宗岱 译

黄建华 编

商务印书馆

主编的话

2019 年，是五四运动一百周年。最近一段时间，我们一直在思考与翻译有关的一些问题：在五四运动前后，为什么翻译活动那么活跃？为什么那么多学者、文人重视翻译、从事翻译？为什么围绕翻译，有那么多的争论或者讨论？

五四运动涉及面广，与白话文运动、新文学运动乃至新文化运动之间有着深刻的互动性和内在一致性。考察翻译活动对于五四运动的直接与间接的影响，首先引起我们关注的，是一个“新”字。新文学运动与新文化运动自不必说，“新”是其追求与灵魂。而白话文运动，虽然没有一个明确的“新”字，但相对于文言文，白话文蕴涵的就是一种“新”的生命——语言与文字的崭新统一，为新文体、新表达、新思维的产生拓展了新的可能性。

“新”首先意味着与“旧”的决裂，在这个意义上，五四运动所孕育的启蒙与革命精神体现在语言、文学、文化等各个层面。追求新，有多重途径。推陈出新，是其一，著名的文艺复兴运动具有这样的特征，拿鲁迅的话说，“在意大利文艺复兴的意义，是把古时好的东西复活，将现存坏的东西压倒”。但是，五四运动不能走这条路，鲁迅最反对的就是把旧时代的“孔子礼教”拉出来。此路不通，便只有开辟另一条道路，那就是在与孔孟之道决裂，与旧思想、旧道德决裂的同时，向域外寻求新的东西，寻求新的思想、新的道德。这样一来，翻译便成了必经之路。

如果聚焦五四运动前后的翻译，我们可以发现以下事实：一是翻译受到了前所未有的重视；二是众多学者做起了翻译工作；三是刊物登载的很多是翻译作品；四是西方的各种重要思潮通过翻译涌入了中国。就文学而言，梁启超的“欲新一国之民，不可不先新一国之小说”之思想受到了普遍认同。而要“新”中国之小说，翻译则为先导，其影响深刻而广泛。首先，借助翻译之道，中国的文人与学者有了观念的革新；其次，在不同的文学体裁的内在结构与形式方面，翻译为投身新文学运动的作家提供了可资借鉴的新路径；最后，翻译在为新文学运动注入了具有差异性的外国文学因子的同时，也给新文学运动的积极参与者开拓了进一步认识中国文学传统、反思自身，在借鉴与批判中确立自身的可能性。

一谈到五四运动前后的翻译，我们会想到梁启超、鲁迅、陈望道，还会想到戴望舒、徐志摩、郭沫若……这一个个名字，一想到他们，我们就会感觉到中外文学与文化交流史仿佛拥有了生命，是鲜活的，是涌动的。五四运动前后的这些翻译家就像是一个个重要的精神坐标，闪烁着启蒙之光，引发我们对中华文明的发展与中华民族的伟大复兴作深层次的思考。

创立于维新变法之际的商务印书馆，素有翻译之传统，是译介域外新思潮、新观念、新思想的先行者，一直起着引领的作用。在纪念五四运动一百周年之际，商务印书馆决定有选择地推出五四运动前后翻译家独具个性的“故译”，在新的时期赋予其新的生命、新的价值，于是便有了这套“故译新编”。

“故译新编”，注重翻译的开放与创造精神，收录开风气之先、勇于创造的翻译家之作。

“故译新编”，注重翻译的个性与生命，收录对文学有着独特的理解与阐释、赋予原作以新生命的翻译家之作。

“故译新编”，注重翻译的思想性，收录“敞开自身”，开辟思想解放之路的翻译家之作。

阅读参与创造，翻译成就经典，我们热切地希望，通过读者朋友具有创造性的阅读，先辈翻译家的“故译”，能在新的时期拥有新的生命，绽放新的生命之花。

许钧　谢天振

2019 年 3 月 18 日

编辑说明

1. 本丛书所收篇目多为20世纪上半叶刊布，其语言习惯有较明显的时代印痕，且译者自有其文字风格，故不按现行用法、写法及表现手法改动原文。

2. 原书专名（人名、地名、术语等）及译名与今不统一者，亦不作改动；若同一专名在同书、同文内译法不一，则加以统一。如确系笔误、排印舛误、外文拼写错误等，则予径改。

3. 数字、标点符号的用法，在不损害原义的情况下，从现行规范校订。

4. 原书因年代久远而字迹模糊或残缺者，据所缺字数以“□”表示。

5. 编校过程中对前人整理成果多有借鉴，谨表谢意。

目录

上辑　译诗选

下辑　译文选

前言

华东师范大学出版社推出的，由刘志侠、卢岚、何家炜三位编辑并校注的《梁宗岱译集》是至今为止最全、最完整的梁宗岱译作集了。《梁宗岱译作选》就从该译集选出，省却了许多搜求的功夫，这是我首先要向刘、卢、何三位表示编选者的谢意的。

依从书的体例，编者对其所选编对象的生平应作交代。由于梁宗岱先生是我大学时期的业师，后又多年同事直至其逝世，因而我曾有幸在不同场合以口头或文字多次介绍过其生平业绩，后来还与赵守仁教授合作写下详尽的《梁宗岱传》(广东人民出版社，2013 年)，这里就据此作个浓缩版的生平绍介吧。

梁宗岱于 1903 年 9 月 5 日生于广西百色，祖籍广东新会县。幼年时代因天资聪颖、勤奋好学，颇受其父钟爱，常课以“四书”“五经”及唐宋八大家的诗文。启蒙于广西百色小学，后来转入新会中学，一年后又考入广州培正中学。在学期间，就已主编《培正学报》《学生周报》等。1923 年被保送入岭南大学文科就读。他早年文思敏捷，对诗歌创作产生浓厚的兴趣。他认为“真是诗的唯一深固的始基”。他常置身于大自然，刻意追求新诗创作的最佳境界，不时在广东的《越华报》《群报》等报刊杂志发表诗作。与此同时，他还在《太平洋》上接连发表了《小娃子》《深夜的 Violin》《泪歌》，在《学艺》上发表了《夜深了么?》等新诗。随着诗作接踵问世，各界赞誉亦随之而来。年仅 16 岁的梁宗岱被誉为“南国诗人”。广州报馆的记者闻讯纷至沓来。有一次，一位记者来访，梁宗岱出门迎接，问记者找谁，记者见他小小年纪，便信口答道：“找你父亲梁宗岱。”梁宗岱慢条斯理地应道：“你不是要找梁宗岱么，我就是梁宗岱。”那位记者惊诧不已。

1921 年梁宗岱应茅盾、郑振铎之邀加入“文学研究会”，两年后与刘思慕组织“文学研究会广州分会”。未满 20 岁的梁宗岱成为颇有名气的文坛新星。1924 年商务印书馆出版了他的诗集《晚祷》，颇受文学研究会同仁的推崇，他们认为：“梁君之诗有独具的风格，与别的作家显有不同之处，喜欢研究新诗者不可不读。”

梁宗岱不满足于已经取得的成就，更没有沉溺在赞扬声中。1924 年秋，他毅然离开岭大，赴欧洲留学，长达七年之久。他先后在瑞士的日内瓦大学，法国的巴黎大学，德国的柏林大学、海德堡大学就读，还曾赴意大利游学。他十分注意吸收西方文学的精华，努力探索诗歌翻译的手法和技巧。他认为翻译就等于两颗心灵“遥隔着世纪和国界的携手合作”，曾以自己的严谨态度、精湛的艺术造诣，再现了中西方名家佳作的原貌、意蕴和风格。他的译作《水仙辞》《蒙田试笔》《罗丹论》《歌德与贝多芬》《交错集》《莎士比亚十四行诗》等均被国内不少出版社以单行本再版或收入《梁宗岱译诗集》《梁宗岱批评文集》等重印。香港文学评论家壁华先生在 1979 年香港出版的《梁宗岱选集》前言中赞道：“五四运动以来，除梁氏外，仅有朱湘、戴望舒、卞之琳等少数几个能达到这个水准。”《外国文学》也曾发表评论说：“梁译的特色是行文典雅、文笔流畅，既求忠于原文又求形式对称，译得好时不仅意到，而且形到、情到、韵到。”

“九一八事变”后，“祖国高于一切”的观念紧扣梁宗岱的心弦。他决心忍痛和他在国外结识的情侣分手。1931 年秋，梁宗岱从欧洲回到了祖国。尔后的日子，主要在高校从事教育工作，先后任北京大学法文系主任、教授兼清华大学讲师，南开大学英文系教授，复旦大学外语系主任、教授。他一面从事教学，一面致力于诗歌理论的研究。1934 年至 1936 年间，先后出版了《诗与真》《诗与真二集》。这两本诗论集，总结了他自己的创作实践经验，对我国新诗的创作和翻译有重要的指导意义和参考价值，是不可多得的佳作。香港评论界认为，这两本集子“可以和朱自清的《新诗杂话》、李广田的《诗歌艺术》以及艾青的《诗论》并列为五四以来最重要的诗论著作”。

回国后，梁宗岱一直呼吁抗日，必胜的信念十分坚定。他的文友罗念生，对他这方面的表现，有一段短短的回忆：“1936 年至七七事变前我和他合编《大公报》的新诗特刊。事变时他打算到南方参加抗战工作。我们先后逃难到天津。有一天他陪我去打电报，在电报局外他和几个法国官兵谈及抗战的事，法国人说我们不行，他同他们争辩得很激烈。我们当时同住在一楼上，行至与住所仅距一条街的地方，警察不让通行，他一定要过去，因此我们两人被抓到法国巡捕房。我们正在被审问的时候，那几个法国官兵回巡捕房，他们听见我们的事，便示意警察把我们放了。从这些事可看出梁宗岱的爱国精神。”

1939 年 1 月梁宗岱发表了题为《胜利底条件》的抗敌文章，抨击腐败，呼吁抗战到底。1941 年 5 月，抗战大后方的诗人联名发表《诗人节宣言》，决定把端午节“这个民族的纪念日，作为中国的诗人节”，这“是要效法屈原的精神，是要使诗歌成为民族的呼声……是要向全世界高举起独立自由的诗艺术的旗帜，诅咒侵略，讴歌创造，赞扬真理”。梁宗岱不独参与其事，而且为第一届诗人节撰写了五万余言的长篇诗论——《屈原》。

解放前夕，梁宗岱与广西教育家雷沛鸿合办西江学院，梁任教务长，并一度任代理院长。1949年后，西江学院并入广西大学。

1951年9月至1954年6月，梁宗岱在百色被诬入狱，在中共中央和广西省领导的干预下，经过调查，终于无罪释放。

1956年梁宗岱被调至中山大学外语系任教，曾从事英、法语言文学教学。

梁宗岱生性乐观，心怀坦荡，豪放不羁，“文革”期间，备受折磨。小的批斗不算，致伤的大批斗共挨过四次，每次都被打得血流如注，共被抄家20次。到最后，宗岱连一条长裤也没有，只留下四条内裤、两件文化衫，他的老伴甘少苏不得不把自己的裤子改给宗岱穿。最惨重的一次是武装抄家，来人穿军装，戴黑眼镜、竹拆帽，手拿软鞭、枪支、匕首，从下午7时至10时半，所有拿得的、吃得的全部取走，不能拿走的通通打个稀巴烂。

1969年下半年，周总理主持日常工作的中央开始“落实政策”，同年11月，宗岱获得“解放”，虽然一段时间只被安排在打字室工作，没有作为教授来使用，但梁宗岱仍然保持着一贯的乐观态度。巨大的磨难虽然令宗岱健壮的躯体受损，却没有压垮他那铁骨铮铮的昂扬精神。

1970年梁宗岱转至广州外国语学院，专门从事法国语言文学的教学科研工作。粉碎“四人帮”后，他心情格外兴奋，年逾古稀仍然潜心著述，重译了《浮士德》上卷，重病住院直至临终前，还念念不忘下卷的翻译。1983年11月6日梁宗岱辞世，带着他永不言败的刚毅，带着他“乐夫天命”的潇洒!

梁宗岱在高校从事教育工作近半个世纪，为祖国培养了大批优秀人才，其中不少学生已成为很有成就的作家、教授、学者。例如，卞之琳、何其芳，这两位在我国享有盛名的诗人、学者、翻译家，早年都曾是梁宗岱的学生。

梁宗岱自小受其父亲的影响，对中医中药也发生浓厚兴趣，他研制了“草精油”和“绿素酊”。经过若干临床试验，表明有一定的疗效。现今民间还流传他一些行医济世的传说。

作为翻译家，梁宗岱有几点突出之处：首先他是诗人兼译者，他是步入文坛之后才登上译坛的，这样译家的文笔自然富于创作者的才思而较少一般硬译者的匠气；而尤为难得的是，梁宗岱并没有像某些诗人译诗那样，恃才而对原作随意发挥或删减。且听他是怎样说的："至于译笔，大体以直译为主。除了少数的例外，不独一行一行地译，并且一字一字地译，最近译的有时连节奏和用韵也极力模仿原作——大抵越近依傍原作也越甚。"（见《一切的峰顶》"序"）总之，既洋溢才气而又紧贴原文，这是梁宗岱译作一大特色。

其次，梁宗岱是双向的翻译家，既把外文（主要是法、英、德）译成中文，也把中文译成外文（主要是法、英），而且都达到极高的成就。他留法期间即已出版的法译《陶潜诗选》被法国诺贝尔文学奖得奖作家罗曼·罗兰称为"一本杰作"。法国现代最著名的诗人保尔·瓦雷里（梁译梵乐希）也对此书甚为赞赏并亲自为译本作序。就这一点，已足可见他外译的功底深厚。

此外，他旅欧期间，出入法国的文艺沙龙，有幸结识当代的文坛大师，而且过从甚密，回国后还保持书信来往。上面提到的罗曼·罗兰和保尔·瓦雷里就是很好的例子。他还与让·普雷沃、奥克莱等作家交情甚笃，从青年时代起，彼此便开始切磋写作和译事；梁宗岱快速成长为著名的翻译家不能说和他这样的留学经历完全无关。

下面谈谈编者是如何选编这本译作选的。

梁宗岱留下的全部译作不多，这和他精选、精译的严谨态度有关。上乘的鉴赏力使他独具慧眼地选取经得起时间考验的原作者，尽管当时未必都是遐迩闻名的大家。奥地利作者里尔克就是一例，梁宗岱开始翻译他的作品时，他的微弱的声名并未远播到中国。而今天，他在我国文学界可以说是家喻户晓了。既然梁宗岱所选译的都是名诗人、大作家，作为编选者的我又如何去取舍呢？

选者通常是“见仁见智”，我就交代一下心目中的几条“道道儿”吧。

第一条是选“名作佳译”。名家的作品中总有些更为人知也就是更出名的，那就成了我的首选。例如魏尔仑的《白色的月》《泪流在我心里》等五首，即如我们选读李白的诗篇时，不可绕开《月下独酌》《夜思》《送友人》等名篇一样。那么“佳译”又如何确定呢。我也有自己的“点子”：

1. 借助有识之士的见解，例如，选取歌德等德国作家的译品就是这样。由于我不谙德文，更不熟悉德国文学，于是就梁译部分向德语教授求教，请他们指出心目中的优中之优，择善而从之。再如《莎士比亚十四行诗》，有些研究者曾就某一首比对不同译者的译文，遇到肯定梁译的我便率先选录，毕竟本人的见识有限，何况英语还不是我的第一外语呢。

2. 优先选取经译者本人反复订正过的。《莎士比亚十四行诗》的选录就是如此。校注者刘志侠先生就指出过，拿其中的第 22 首与第 33 首的最终译文与初译对比，即可看出原译者一丝不苟的文字功夫。我们当然不可能舍之而不选。

3. 同一作品，如有不同时期的译文，毫不犹豫地选取后期者，这其中的不言自明之理，不必多说。

第二条是兼顾不同的文体，尽可能做到多样化。稍看篇目便知，本书中有诗歌、散文、长篇的选段、整卷的选章，等等；一句话，力求反映梁译的全貌。梁译份量较大的文体，我们多选一点，反之则少选一点。我们首先尊重原译者的选择，而不单纯以自己的好恶为准绳。

第三条是考虑今天一般读者的取向，照顾大众的欣赏趣味。例如，拿梁译的“圣诗”来说，“就译论译”，看来格调和韵律俱佳，但料想它未必为非信教的人士所喜读，我们就都割爱不选了。

临末，还得说明一下：梁宗岱汉译法的《陶潜诗选》是他翻译生涯的一个高峰，本集之所以一首未录，并非因为它存在什么缺陷，而是受限于本丛书的体例，汉语外译的篇什暂未收录。

最后，我还想发表一点感想。尽管梁译全是难得的佳品，但不宜看作今天的“不可逾越的高峰”，一个时代有一个时代的文风，一个时代有一个时代的主流欣赏趣味。我们尊崇前人是敬仰他当时所达到的高度，不是说他们的译作就是不可移易的“定译”了。“译无止境”，如果今天有人试图重译入选“故译新编”中的原著篇章，只要不是抄袭剽窃或是胡编乱造，依我看应当受到鼓励，而不应加以抑制。但愿今天的译者能以前贤为榜样，勇攀当代译坛的新高峰！

黄建华

2019 年 4 月 7 日于广东外语外贸大学校园

上辑　译诗选

莎士比亚

莎士比亚十四行诗（节选）

一[1]

对天生的尤物我们要求蕃盛，
以便美的玫瑰永远不会枯死，
但开透的花朵既要及时凋零，
就应把记忆交给娇嫩的后嗣；
但你，只和你自己的明眸定情，
把自己当燃料喂养眼中的火焰，
和自己作对，待自己未免太狠，
把一片丰沃的土地变成荒田。
你现在是大地的清新的点缀，
又是锦绣阳春的唯一的前锋，
为什么把富源葬送在嫩蕊里，
温柔的鄙夫，要吝啬，反而浪用？
　　可怜这个世界吧，要不然，贪夫，
　　就吞噬世界的份，由你和坟墓。

注释：

1　依原作标题收录，余同。——编者注（本书未注明者，均为译者注。）

八

我的音乐，为何听音乐会生悲？
甜蜜不相克，快乐使快乐欢笑。
为何爱那你不高兴爱的东西，
或者为何乐于接受你的烦恼？
如果悦耳的声音的完美和谐
和亲挚的协调会惹起你烦忧，
它们不过委婉地责备你不该
用独奏窒息你心中那部合奏。
试看这一根弦，另一根的良人，
怎样融洽地互相呼应和振荡；
宛如父亲、儿子和快活的母亲，
它们联成了一片，齐声在欢唱。
　　它们的无言之歌都异曲同工
　　对你唱着："你独身就一切皆空。"

一二

当我数着壁上报时的自鸣钟，
见明媚的白昼坠入狰狞的夜，
当我凝望着紫罗兰老了春容，
青丝的卷发遍洒着皑皑白雪；
当我看见参天的树枝叶尽脱，
它不久前曾荫蔽喘息的牛羊；
夏天的青翠一束一束地就缚，
带着坚挺的白须被舁上殓床；
于是我不禁为你的朱颜焦虑：
终有天你要加入时光的废堆，
既然美和芳菲都把自己抛弃，
眼看着别人生长自己却枯萎；
　　没什么抵挡得住时光的毒手，
　　除了生育，当他来要把你拘走。

一八

我怎么能够把你来比作夏天？
你不独比它可爱也比它温婉：
狂风把五月宠爱的嫩蕊作践，
夏天出赁的期限又未免太短：
天上的眼睛有时照得太酷烈，
它那炳耀的金颜又常遭掩蔽：
被机缘或无常的天道所摧折，
没有芳艳不终于凋残或销毁。
但是你的长夏永远不会凋落，
也不会损失你这皎洁的红芳，
或死神夸口你在他影里漂泊，
当你在不朽的诗里与时同长。
　　只要一天有人类，或人有眼睛，
　　这诗将长存，并且赐给你生命。

一九

饕餮的时光，去磨钝雄狮的爪，
命大地吞噬自己宠爱的幼婴，
去猛虎的颚下把它利牙拔掉，
焚毁长寿的凤凰，灭绝它的种，
使季节在你飞逝时或悲或喜；
而且，捷足的时光，尽肆意摧残
这大千世界和它易谢的芳菲；
只有这极恶大罪我禁止你犯：
哦，别把岁月刻在我爱的额上，
或用古老的铁笔乱画下皱纹：
在你的飞逝里不要把它弄脏，
好留给后世永作美丽的典型。
　　但，尽管猖狂，老时光，凭你多狠，
　　我的爱在我诗里将万古长青。

二二

这镜子决不能使我相信我老，
只要大好韶华和你还是同年；
但当你脸上出现时光的深槽，
我就盼死神来了结我的天年。
因为那一切妆点着你的美丽
都不过是我内心的表面光彩；
我的心在你胸中跳动，正如你
在我的：那么，我怎会比你先衰?
哦，我的爱呵，请千万自己珍重，
像我珍重自己，乃为你，非为我。
怀抱着你的心，我将那么郑重，
像慈母防护着婴儿遭受病魔。
　　别侥幸独存，如果我的心先碎；
　　你把心交我，并非为把它收回。

二四

我眼睛扮作画家，把你的肖像
描画在我的心版上，我的肉体
就是那嵌着你的姣颜的镜框，
而画家的无上的法宝是透视。
你要透过画家的巧妙去发现
那珍藏你的奕奕真容的地方；
它长挂在我胸内的画室中间，
你的眼睛却是画室的玻璃窗。
试看眼睛多么会帮眼睛的忙：
我的眼睛画你的像，你的却是
开向我胸中的窗，从那里太阳
喜欢去偷看那藏在里面的你。
　　可是眼睛的艺术终欠这高明：
　　它只能画外表，却不认识内心。

二九

当我受尽命运和人们的白眼，
暗暗地哀悼自己的身世飘零，
徒用呼吁去干扰聋聩的昊天，
顾盼着身影，诅咒自己的生辰，
愿我和另一个一样富于希望，
面貌相似，又和他一样广交游，
希求这人的渊博，那人的内行，
最赏心的乐事觉得最不对头；
可是，当我正要这样看轻自己，
忽然想起了你，于是我的精神，
便像云雀破晓从阴霾的大地
振翩上升，高唱着圣歌在天门：
　　一想起你的爱使我那么富有，
　　和帝王换位我也不屑于屈就。

三〇

当我传唤对已往事物的记忆
出庭于那馨香的默想的公堂，
我不禁为命中许多缺陷叹息，
带着旧恨，重新哭蹉跎的时光；
于是我可以淹没那枯涸的眼，
为了那些长埋在夜台的亲朋，
哀悼着许多音容俱渺的美艳，
痛哭那情爱久已勾销的哀痛：
于是我为过去的惆怅而惆怅，
并且一一细算，从痛苦到痛苦，
那许多呜咽过的呜咽的旧账，
仿佛还未付过，现在又来偿付。
　　但是只要那刻我想起你，挚友，
　　损失全收回，悲哀也化为乌有。

三三

多少次我曾看见灿烂的朝阳
用他那至尊的眼媚悦着山顶，
金色的脸庞吻着青碧的草场，
把黯淡的溪水镀成一片黄金：
然后蓦地任那最卑贱的云彩
带着黑影驰过他神圣的霁颜，
把他从这凄凉的世界藏起来，
偷移向西方去掩埋他的污点；
同样，我的太阳曾在一个清朝
带着辉煌的光华临照我前额；
但是唉！他只一刻是我的荣耀，
下界的乌云已把他和我遮隔。
　　我的爱却并不因此把他鄙贱，
　　天上的太阳有瑕疵，何况人间！

三五

别再为你冒犯我的行为痛苦：
玫瑰花有刺，银色的泉有烂泥，
乌云和蚀把太阳和月亮玷污，
可恶的毛虫把香的嫩蕊盘踞。
每个人都有错，我就犯了这点：
运用种种比喻来解释你的恶，
弄脏我自己来洗涤你的罪愆，
赦免你那无可赦免的大错过。
因为对你的败行我加以谅解——
你的原告变成了你的辩护士——
我对你起诉，反而把自己出卖：
爱和憎老在我心中互相排挤，
　　以致我不得不变成你的助手
　　去帮你劫夺我，你，温柔的小偷！

三六

让我承认我们俩一定要分离，
尽管我们那分不开的爱是一体：
这样，许多留在我身上的瑕疵，
将不用你分担，由我独自承起。
你我的相爱全出于一片至诚，
尽管不同的生活把我们隔开，
这纵然改变不了爱情的真纯，
却偷掉许多密约佳期的欢快。
我再也不会高声认你做知己，
生怕我可哀的罪过使你含垢，
你也不能再当众把我来赞美，
除非你甘心使你的名字蒙羞。

　　可别这样做；我既然这样爱你，
　　你是我的，我的荣光也属于你。

四二

你占有她，并非我最大的哀愁，
可是我对她的爱不能说不深；
她占有你，才是我主要的烦忧，
这爱情的损失更能使我伤心。
爱的冒犯者，我这样原谅你们：
你所以爱她，因为晓得我爱她；
也是为我的缘故她把我欺瞒，
让我的朋友替我殷勤款待她。
失掉你，我所失是我情人所获，
失掉她，我朋友却找着我所失；
你俩互相找着，而我失掉两个，
两个都为我的缘故把我磨折：
　　但这就是快乐：你和我是一体；
　　甜蜜的阿谀！她却只爱我自己。

五一

这样，我的爱就可原谅那笨兽
(当我离开你)，不嫌它走得太慢:
从你所在地我何必匆匆跑走?
除非是归来，绝对不用把路赶。
那时可怜的畜牲怎会得宽容，
当极端的迅速还要显得迟钝?
那时我就要猛刺，纵使在御风，
如飞的速度我只觉得是停顿:
那时就没有马能和欲望齐驱;
因此，欲望，由最理想的爱构成，
就引颈长嘶，当它火似的飞驰;
但爱，为了爱，将这样饶恕那畜牲:
　　既然别你的时候它有意慢走，
　　归途我就下来跑，让它得自由。

五五

没有云石或王公们金的墓碑
能够和我这些强劲的诗比寿；
你将永远闪耀于这些诗篇里，
远胜过那被时光涂脏的石头。
当着残暴的战争把铜像推翻，
或内讧把城池荡成一片废墟，
无论战神的剑或战争的烈焰
都毁不掉你的遗芳的活历史。
突破死亡和湮没一切的仇恨，
你将昂然站起来：对你的赞美
将在万世万代的眼睛里彪炳，
直到这世界消耗完了的末日。
　　这样，直到最后审判把你唤醒，
　　你长在诗里和情人眼里辉映。

六〇

像波浪滔滔不息地滚向沙滩：
我们的光阴息息奔赴着终点；
后浪和前浪不断地循环替换，
前推后涌，一个个在奋勇争先。
生辰，一度涌现于光明的金海，
爬行到壮年，然后，既登上极顶，
凶冥的日蚀便遮没它的光彩，
时光又撕毁了它从前的赠品。
时光戳破了青春颊上的光艳，
在美的前额挖下深陷的战壕，
自然的至珍都被它肆意狂啖，
一切挺立的都难逃它的镰刀：
　　可是我的诗未来将屹立千古，
　　歌颂你的美德，不管它多残酷！

六二

自爱这罪恶占据着我的眼睛，
我整个的灵魂和我身体各部；
而对这罪恶什么药石都无灵，
在我心内扎根扎得那么深固。
我相信我自己的眉目最秀丽，
态度最率真，胸怀又那么俊伟；
我的优点对我这样估计自己：
不管哪一方面我都出类拔萃。
但当我的镜子照出我的真相，
全被那焦黑的老年剁得稀烂，
我对于自爱又有相反的感想：
这样溺爱着自己实在是罪愆。
　　我歌颂自己就等于把你歌颂，
　　用你的青春来粉刷我的隆冬。

七〇

你受人指摘，并不是你的瑕疵，
因为美丽永远是诽谤的对象；
美丽的无上的装饰就是猜疑，
像乌鸦在最晴朗的天空飞翔。
所以，检点些，谗言只能更恭维
你的美德，既然时光对你钟情；
因为恶蛆最爱那甜蜜的嫩蕊，
而你的正是纯洁无瑕的初春。
你已经越过年轻日子的埋伏，
或未遭遇袭击，或已克服敌手；
可是，对你这样的赞美并不足
堵住那不断扩大的嫉妒的口：
　　若没有猜疑把你的清光遮掩，
　　多少个心灵的王国将归你独占。

七一

我死去的时候别再为我悲哀，
当你听见那沉重凄惨的葬钟
普告给全世界说我已经离开
这龌龊世界去伴最龌龊的虫：
不呀，当你读到这诗，别再记起
那写它的手；因为我爱到这样，
宁愿被遗忘在你甜蜜的心里，
如果想起我会使你不胜哀伤。
如果呀，我说，如果你看见这诗，
那时候或许我已经化作泥土，
连我这可怜的名字也别提起，
但愿你的爱与我的生命同腐。
　　免得这聪明世界猜透你的心，
　　在我死去后把你也当作笑柄。

七三

在我身上你或许会看见秋天，
当黄叶，或尽脱，或只三三两两
挂在瑟缩的枯枝上索索抖颤——
荒废的歌坛，那里百鸟曾合唱。
在我身上你或许会看见暮霭，
它在日落后向西方徐徐消退：
黑夜，死的化身，渐渐把它赶开，
严静的安息笼住纷纭的万类。
在我身上你或许会看见余烬，
它在青春的寒灰里奄奄一息，
在惨淡灵床上早晚总要断魂，
给那滋养过它的烈焰所销毁。
　　看见了这些，你的爱就会加强，
　　因为他转瞬要辞你溘然长往。

七五

我的心需要你，像生命需要食粮，
或者像大地需要及时的甘霖；
为你的安宁我内心那么凄惶
就像贪夫和他的财富作斗争：
他，有时自夸财主，然后又顾虑
这惯窃的时代会偷他的财宝；
我，有时觉得最好独自伴着你，
忽然又觉得该把你当众夸耀：
有时饱餐秀色后腻到化不开，
渐渐地又饿得慌要瞟你一眼；
既不占有也不追求别的欢快，
除掉那你已施或要施的恩典。
　　这样，我整天垂涎或整天不消化，
　　我狼吞虎咽，或一点也咽不下。

八一

无论我将活着为你写墓志铭，
或你未亡而我已在地下腐朽，
纵使我已被遗忘得一干二净，
死神将不能把你的忆念夺走。
你的名字将从这诗里得永生，
虽然我，一去，对人间便等于死；
大地只能够给我一座乱葬坟，
而你却将长埋在人们眼睛里。
我这些小诗便是你的纪念碑，
未来的眼睛固然要百读不厌，
未来的舌头也将要传诵不衰，
当现在呼吸的人已瞑目长眠。
　　这强劲的笔将使你活在生气
　　最蓬勃的地方，在人们的嘴里。

八七

再会吧！你太宝贵了，我无法高攀；
显然你也晓得你自己的声价：
你的价值的证券够把你赎还，
我对你的债权只好全部作罢。
因为，不经你批准，我怎能占有你？
我哪有福气消受这样的珍宝？
这美惠对于我既然毫无根据，
便不得不取消我的专利执照。
你曾许了我，因为低估了自己，
不然就错识了我，你的受赐者；
因此，你这份厚礼，既出自误会，
就归还给你，经过更好的判决。
　　这样，我曾占有你，像一个美梦，
　　在梦里称王，醒来只是一场空。

九一

有人夸耀门第，有人夸耀技巧，
有人夸耀财富，有人夸耀体力；
有人夸耀新妆，丑怪尽管时髦；
有人夸耀鹰犬，有人夸耀骏骥；
每种嗜好都各饶特殊的趣味，
每一种都各自以为其乐无穷：
可是这些癖好都不合我口胃——
我把它们融入更大的乐趣中。
你的爱对我比门第还要豪华，
比财富还要丰裕，比艳妆光彩，
它的乐趣远胜过鹰犬和骏马；
有了你，我便可以笑傲全世界：
　　只有这点可怜：你随时可罢免
　　我这一切，使我成无比的可怜。

九四

谁有力量损害人而不这样干，
谁不做人以为他们爱做的事，
谁使人动情，自己却石头一般，
冰冷、无动于衷，对诱惑能抗拒——
谁就恰当地承受上天的恩宠，
善于贮藏和保管造化的财富；
他们才是自己美貌的主人翁，
而别人只是自己姿色的家奴。
夏天的花把夏天熏得多芳馥，
虽然对自己它只自开又自落，
但是那花若染上卑劣的病毒，
最贱的野草也比它高贵得多：
　　极香的东西一腐烂就成极臭，
　　烂百合花比野草更臭得难受。

一〇〇

你在哪里，诗神，竟长期忘记掉
把你的一切力量的源头歌唱？
为什么浪费狂热于一些滥调，
消耗你的光去把俗物照亮？
回来吧，健忘的诗神，立刻轻弹
宛转的旋律，赎回虚度的光阴；
唱给那衷心爱慕你并把灵感
和技巧赐给你的笔的耳朵听。
起来，懒诗神，检查我爱的秀容，
看时光可曾在那里刻下皱纹；
假如有，就要尽量把衰老嘲讽，
使时光的剽窃到处遭人齿冷。
　　快使爱成名，趁时光未下手前，
　　你就挡得住它的风刀和霜剑。

一〇四

对于我，俊友，你永远不会衰老，
因为自从我的眼碰见你的眼，
你还是一样美。三个严冬摇掉
三个苍翠的夏天的树叶和光艳，
三个阳春三度化作秋天的枯黄。
时序使我三度看见四月的芳菲
三度被六月的炎炎烈火烧光。
但你，还是和初见时一样明媚；
唉，可是美，像时针，它蹑着脚步
移过钟面，你看不见它的踪影；
同样，你的姣颜，我以为是常驻，
其实在移动，迷惑的是我的眼睛。
　　颤栗吧，未来的时代，听我呼吁：
　　你还没有生，美的夏天已死去。

一〇五

不要把我的爱叫作偶像崇拜，
也不要把我的爱人当偶像看，
既然所有我的歌和我的赞美
都献给一个，为一个，永无变换。
我的爱今天仁慈，明天也仁慈，
有着惊人的美德，永远不变心，
所以我的诗也一样坚贞不渝，
全省掉差异，只叙述一件事情。
“美、善和真”，就是我全部的题材，
“美、善和真”，用不同的词句表现；
我的创造就在这变化上演才，
三题一体，它的境界可真无限。
　　过去“美、善和真”常常分道扬镳，
　　到今天才在一个人身上协调。

一〇六

当我从那湮远的古代的纪年
发现那绝代风流人物的写真，
艳色使得古老的歌咏也香艳，
颂赞着多情骑士和绝命佳人，
于是，从那些国色天姿的描画，
无论手脚、嘴唇，或眼睛或眉额，
我发觉那些古拙的笔所表达
恰好是你现在所占领的姿色。
所以他们的赞美无非是预言
我们这时代，一切都预告着你；
不过他们观察只用想象的眼，
还不够才华把你歌颂得尽致：
　　而我们，幸而得亲眼看见今天，
　　只有眼惊羡，却没有舌头咏叹。

一一三

自从离开你，眼睛便移居心里，
于是那双指挥我行动的眼睛，
既把职守分开，就成了半瞎子，
自以为还看见，其实已经失明；
因为它们所接触的任何形状，
花鸟或姿态，都不能再传给心，
自己也留不住把捉到的景象；
一切过眼的事物心儿都无份。
因为一见粗俗或幽雅的景色，
最畸形的怪物或绝艳的面孔，
山或海，日或夜，乌鸦或者白鸽，
眼睛立刻塑成你美妙的姿容。

　　心中满是你，什么再也装不下，
　　就这样我的真心教眼睛说假话。

一一六

我绝不承认两颗真心的结合
会有任何障碍；爱算不得真爱，
若是一看见人家改变便转舵，
或者一看见人家转弯便离开。
哦，决不！爱是亘古长明的塔灯，
它定睛望着风暴却兀不为动；
爱又是指引迷舟的一颗恒星，
你可量它多高，它所值却无穷。
爱不受时光的播弄，尽管红颜
和皓齿难免遭受时光的毒手；
爱并不因瞬息的改变而改变，
它巍然矗立直到末日的尽头。
　　我这话若说错，并被证明不确，
　　就算我没写诗，也没人真爱过。

一二八

多少次，我的音乐，当你在弹奏
音乐，我眼看那些幸福的琴键
跟着你那轻盈的手指的挑逗，
发出悦耳的旋律，使我魂倒神颠——
我多么艳羡那些琴键轻快地
跳起来狂吻你那温柔的掌心，
而我可怜的嘴唇，本该有这权利，
只能红着脸对琴键的放肆出神！
经不起这引逗，我嘴唇巴不得
做那些舞蹈着的得意小木片，
因为你手指在它们身上轻掠，
使枯木比活嘴唇更值得艳羡。
　　冒失的琴键既由此得到快乐，
　　请把手指给它们，把嘴唇给我。

一二九

把精力消耗在耻辱的沙漠里，
就是色欲在行动；而在行动前，
色欲赌假咒、嗜血、好杀、满身是
罪恶、凶残、粗野、不可靠、走极端；
欢乐尚未央，马上就感觉无味：
毫不讲理地追求；可是一到手，
又毫不讲理地厌恶，像是专为
引上钩者发狂而设下的钓钩；
在追求时疯狂，占有时也疯狂；
不管已有、现有、未有，全不放松；
感受时，幸福；感受完，无上灾殃；
事前，巴望着的欢乐；事后，一场梦。
　　这一切人共知；但谁也不知怎样
　　逃避这个引人下地狱的天堂。

一三〇

我情妇的眼睛一点不像太阳；
珊瑚比她的嘴唇还要红得多：
雪若算白，她的胸就暗褐无光，
发若是铁丝，她头上铁丝婆娑。
我见过红白的玫瑰，轻纱一般；
她颊上却找不到这样的玫瑰；
有许多芳香非常逗引人喜欢，
我情妇的呼吸并没有这香味。
我爱听她谈话，可是我很清楚
音乐的悦耳远胜于她的嗓子；
我承认从没有见过女神走路，
我情妇走路时候却脚踏实地：
　　可是，我敢指天发誓，我的爱侣
　　胜似任何被捧作天仙的美女。

勃莱克

天真底预示

一颗沙里看出一个世界，
一朵野花里一座天堂，
把无限放在你底手掌上，
永恒在一刹那里收藏。

苍蝇

小苍蝇，
你夏天底游戏
给我底手
无心地抹去。

我岂不像你
是一只苍蝇？
你岂不像我
是一个人？

因为我跳舞，
又饮又唱，
直到一只盲手
抹掉我底翅膀。

如果思想是生命，
呼吸和力量，
思想底缺乏
便等于死亡；

那么我就是
一只快活的苍蝇，
无论是死，
无论是生。

天真之歌序曲

吹着笛子走下荒谷，
吹着许多快乐之歌，
在云端看见一小孩，
他笑哈哈地对我说：

“吹一支绵羊的歌吧！”
于是我喜洋洋地吹。
“吹笛人，再吹一回吧！”
我再吹，他听到流泪。

“放下你快乐的笛子，
唱唱你这快乐的歌！”
于是我把它唱一遍，
他快乐到哭着听我。

“吹笛人，坐下写出来，
让大家都把它学会。”
说完他忽然不见了。
于是折了一根芦苇，

我造成了一支土笔，
然后蘸着一些清水，
写下这些快乐的歌，
让小孩听了都欢喜。

初刊一九三六年十二月《新诗》第三期，
标题《天真歌序曲》
再刊《作品》月刊一九五七年第十二期

绵羊

　小绵羊，谁造你？
　你可知谁造你？
赐你生命和食粮，
沿着水边和草场，
赐你鲜美的衣裳，
温暖，松软，及光亮，
赐你温柔的声音，
使众山谷尽欢欣？
　小绵羊，谁造你？
　你可知谁造你？
　小绵羊，我告你；
　小绵羊，我告你：
他的名字是绵羊，
因他自称是这样。
他又温和又慈蔼，
他好像一个小孩。
我是小孩你绵羊，
我们和他是一样。

小绵羊，神佑你！

小绵羊，神佑你！

初刊一九三六年十二月《新诗》第三期

再刊《作品》月刊一九五七年第十二期

爱底秘密

别对人说你的爱，
　爱永不该告诉人：
微风轻轻地吹
　无影也无声。

我说我的爱，我说我的爱，
　我告诉她我的心，
发抖，冰冷，鬼似的惊慌，——
　啊！她不辞而行。

一个游客走来，
　她离开我不久之后。
无影也无声，
　他叹口气把她带走。

初刊一九三六年十二月《新诗》第三期
再刊一九五七年六月二十九日
香港《文汇报·文艺》

歌

多么愉快我在田野间遨游！
　我赏尽了夏天的一切光彩，
直到我和爱的王子邂逅，
　他在太阳的晴晖中飘来。

他把百合花插在我的发边，
　把羞红的玫瑰往我额上戴，
他引我进他那美丽的花园，
　那里一切黄金的欢乐正盛开

我的翅膀给五月的香露打湿，
　太阳燃起了我歌唱的怒火，
他把我捉到丝织的网里，
　把我在黄金的笼里关锁。

他喜欢坐着听我歌唱，
　然后笑哈哈地跟我嬉游，
然后张开我黄金的翅膀，

嘲弄着我丧失了的自由。

译自布莱克组诗《歌》（*Song*）的第一首
初刊一九五七年六月二十九日
香港《文汇报·文艺》

我的玫瑰树

有一朵花献给我，
　　这样的花五月从未开过；
但我说：“我有棵艳丽的玫瑰树。”
　　我便把那朵花放过。

于是我走向我艳丽的玫瑰树，
　　日日夜夜把她服侍；
但我的玫瑰妒忌地避开，
　　她的刺却是我唯一的欢喜。

初刊一九五七年六月二十九日
香港《文汇报·文艺》

野花的歌

我漫步林中，
　从绿叶丛中走过，
我听见一朵野花
　在唱一支歌：

“我在黑暗里睡着，
　在寂静的夜里。
我低诉我的恐怖，
　我感到了欢喜。

“我早上出来，
　像清晓般粉红，
去找新的快乐，
　却碰到了嘲讽。”

初刊一九五七年六月二十九日
香港《文汇报·文艺》

春

哦，你披着露水晶莹的鬈发，从
清晓的明窗下望，转你天使的
明眸向我们西岛吧，它正高声
合奏着欢迎你莅临的歌，哦春！

群峰互相倾诉，静悄悄的幽谷
谛听着；所有我们企盼的眼睛
在仰望着你辉煌的天幕：出来，
让你的圣足巡视我们这下方。

越过东冈来，让我们的风吻你
芳馥的衣裳；让我们吸你晨昏
的呼息；把珍珠撒遍了我们这
害相思的大地：她正为你哀哭。

哦，用你的纤指装点她吧；倾泻
你的柔吻在她胸脯上；然后把
你的金冕往她憔悴的头上戴，
她那贞洁的鬈发已为你束起！

初刊一九五七年十一月二十三日
香港《文汇报·文艺》

夏

哦你，从我们这些山谷热腾腾
走过，勒紧你烈马的缰吧：缓和
它那宽鼻孔喷出的火焰！哦夏！
你常在这里张开金幕，在我们
橡树底下睡觉，让我们愉快地
凝望你那红润的四肢和浓发。

在我们的浓荫里我们常听见
你的声音，当正午驾着火热的
车滚过天底深处；在我们泉边
坐下吧，并在我们多苔的幽谷，
清溪的岸边把你身上的薄纱
匆匆卸下，然后纵身进清溪里：
我们的幽谷热爱夏天的骄傲。

我们弹银筝的诗人声誉卓著，
我们的儿郎比南方健儿勇敢，
我们的少女跳起舞来更婀娜，
我们不缺少歌，或行乐的管弦

或温甜的回音，或天样清的水！

也不缺少抗酷暑的月桂花环。

初刊一九五七年十一月二十三日

香港《文汇报·文艺》

秋

哦秋天，满载着果实，被葡萄的
鲜血染得红红的，别走，坐下来
在我的阴翳的屋檐下歇一歇；
让我的新笛为你的欢歌伴奏；
于是年光的女儿将一齐起舞！
现在，唱起花果的壮硕的歌吧。

“嫩蕊向太阳展开了她的妩媚，
于是爱在她震颤的静脉里流；
繁花挂在清晓前额，又绚烂地
垂在贞洁的黄昏红润的颊上，
直到葱茏的夏天爆出了歌声，
白羽似的云片萦绕着她的头。

“空中的精灵吸着熟果的香气；
快乐，鼓着轻盈的翅膀，荡漾在：
花园的四周，或坐在树上歌唱。”
快活的秋天就这样坐着歌唱；

然后站起来，束束腰，在荒山上
隐灭了；只留下金累累的重担。

初刊一九五七年十一月二十三日
香港《文汇报·文艺》

冬

哦冬！闩起你金刚石的大门吧！
北方原是你的；就在那里筑起
你深黑的玄穴。别撼你的屋顶，
别用你的铁轮压断你的梁柱。

他不理睬我，只隆隆地飞驰过
张开口的海洋；把鞘在钢骨里
的暴风放出来；我不敢抬眼睛，
因他已高举王笏在全世界上。

看！那阴惨的怪物，皮肤紧包着
□□的骨骼，踏过呻吟的岩石：
他无声地枯槁了万物，他的手
把地衣剥掉，僵冻柔脆的生命。

他高踞在悬崖之上；水手徒然
呼号。可怜的小生物！你和暴风
挣扎，直到天微笑，怪物咆哮着
被赶回赫克拉山下他的老巢。

初刊一九五七年十一月二十三日
香港《文汇报·文艺》

给黄昏星

你美发垂垂的黄昏的安琪儿，
现在，当太阳在山顶上歇，燃起
你那爱的荧荧火把吧；把你的
光冕戴上，对我们的夜榻微笑！
对我们的爱微笑，并且，在掀开
天空的蓝幕时请将你的银露
洒在每一朵闭着媚眼沉睡的
花上。让你的西风在湖面安息；
用你那闪闪的明眸低说宁静，
并用银辉洗净暮色——快，太快了，
你藏起来，于是豺狼嗥声四起，
雄狮在棕色的林中怒视炯炯，
我们羊群的卷毛上洒满你的
圣露：请用你的威灵保护它们。

初刊一九五七年十一月二十三日
香港《文汇报·文艺》

婴儿的欢喜

“我没有名字，
我出世才两天。”
我怎么称呼你？
“我很快乐，
我名叫欢喜。”
愿温甜的欢喜降临你！

娇小的欢喜！
才两天大的温甜的欢喜，
我称你为温甜的欢喜：
你微微笑，
我哼小调，
愿温甜的欢喜降临你！

初刊一九五八年二月十五日
香港《文汇报·文艺》

一个梦

有一次，梦织成一个幻网，
笼罩着我那天使呵护着的床：
一只小蚂蚁迷失了方向
在我蒙蒙眬眬躺着的草地上。

她焦急，踌躇又迷惘，
烦恼，迷困，又慌张，
在纠缠着的小枝间彷徨。
我听见她呼唤，无限心伤。

“我的小孩们呵！他们可在嚷？
他们可听见天父在叹息？
他们一会儿探头外，
一会见又回头为我悲啼。”

我悲悯地掉了一滴泪；
但我看见一个土萤走来，
他应声说：“谁在恸哭？
谁在呼唤守夜的更夫？

“我被派来照亮地面，
当金甲虫到处打转；
现在，请跟着嗡嗡的金甲；
小流浪者，赶快回家。”

初刊一九五八年二月十五日
香港《文汇报·文艺》

病的玫瑰

哦玫瑰，你病了！
　那看不见的虫
在夜间飞过，
　乘着怒吼的风，

已钻进你那
　浓红的欢乐的床心，
他那幽暗隐密的爱
　摧毁了你的生命。

初刊一九五八年四月九日
香港《文汇报·文艺》

笑歌

当青翠的树林笑出快乐的声音，
笑哈哈流过的清溪笑涡盈盈，
当空中震荡着我们清脆的笑语，
和起伏的青山哈哈笑个不已；

当草原笑出了活泼泼的新青，
蝈蝈儿在快乐的草丛中发出笑声，
当玛丽和苏珊和爱弥莉
张开甜蜜蜜的嘴唇唱“哈，哈，嘻”！

当彩色的鸟儿在绿荫中笑，
我们的桌子摆满了核桃和樱桃，
来吧，来跟我同乐，跟我一起
唱着愉快的合奏“哈，哈，嘻”！

译自《天真之歌》

初刊广州《作品》月刊一九五七年第十二期

猛虎

猛虎！猛虎！烈熊熊地燃烧，
在黑夜的林莽中照耀，
怎样非凡的手或眼睛
抟造得出你这骇人的雄劲？

在什么遥远的天空或深渊
燃烧着你眼睛的火焰？
凭什么翅膀他敢飞跃？
怎样的手敢抓烈火？

怎样的臂膀，怎样的技术
能够扭出你心脏的筋肉？
而当你的心开始搏跳，
多凶狠的手？多凶狠的脚？

怎样的铁锤？怎样的铁链？
怎样的洪炉把你的脑锻炼？
怎样的铁砧？多凶狠的掌握
敢抓住它那致命的恐怖？

当星星投射他们的金矛，
用缤纷的银泪把天空遍浇，
他可曾含笑去看他的作品？
造你的可就是那造羊的人？

猛虎！猛虎！烈熊熊地燃烧，
在黑夜的林莽中照耀，
怎样非凡的手或眼睛
敢抟造你这骇人的雄劲？

译自《经验之歌》

初刊广州《作品》月刊一九五七年第十二期

伦敦

我踯躅在每一条特权的街上，
　在那特权的太晤士河附近，
我发觉每副面孔都刻上
　软弱的印痕，苦难的印痕。

从每个婴儿的恐怖的哭声，
　从每个人的每一声叫嚷，
从每一句语音，每一个禁令，
　我都听出心造的镣铐的声响。

扫烟囱孩子的叫喊怎样令
　每座越扫越黑的教堂显得狰狞；
而每个不幸的士兵的叹息
　都化为鲜血注入宫墙里。

但最可怕是夜半的街头
　我听见年轻的卖淫妇的诅咒，
它枯萎了新生婴孩的眼泪，
　用瘟病把婚礼的殡车摧毁。

译自《经验之歌》

初刊广州《作品》月刊一九五七年第十二期

雪莱

问月

你这样苍白：是否
倦于攀天和下望尘寰，
伶仃孤苦地飘流
在万千异己的星宿间——
永久变幻，像无欢的眼
找不出什么值得久眄？

柏洛米修士底光荣

忍受那希望以为无穷的祸灾；
宽恕那比死或夜还黑的损害；
蔑视那似乎无所不能的权威；
爱，而且容忍；希望，直至从残堆
希望创出它所凝视的对象来；
也不更改，也不踌躇，也不翻悔；
这就是，巨人，与你底光荣无异，
善良，伟大和快乐，自由和美丽；
这才是生命，欢愉，主权，和胜利！

选自《解放了的普罗米修士》

（*Prometheus Unbound*）第四场

雨果

播种季——傍晚

这正是黄昏底时分。
我坐在门楼下，观赏
这白昼底余辉照临
工作底最后的时光。

在浴着夜色的田野，
我凝望着一个衣衫
褴褛的老人，一把把
将未来底收获播散。

他那高大的黑身影
统治着深沉的耕地。
你感到他多么相信
光阴底有益的飞逝。

他独在大野上来去，
将种子望远处抛掷，

张开手，又重复开始，
我呢，幽暗的旁观者。

沉思着，当杂着蜚声，
黑夜展开它底影子，
仿佛扩大到了群星
那播种者庄严的姿势。

偷面包的汉子

——悲惨图之一

一个做买卖的靠吃秤头发了财，
法律让他做法官。冬天，冷得很，
一个穷汉拿了一个面包养家。
看这屋里多拥挤！这法官跑来
审问那穷汉。听清楚。多公正！
一个应有尽有，一个贫无立锥！
这法官——这商人——生气他浪费了
一个钟头，狠狠地望了那哭哭
啼啼的穷汉一眼，判他服苦役，
便翩然赴他郊外的别墅去了。
人散了；“很对”，好人坏人齐声说。
只剩下一个苍白忧郁的基督[1]
在法庭的墙壁上高举着双手。

译自《静观集》（*Les Comtemplations*）第三卷
《悲惨图》（*Melancholia*）第三节，
标题及说明为译者所加

注释：

1 指挂在法庭壁上的基督像。高举着双手是一种无可奈何的绝望的表情。

附：目击录

雨果在他的笔记《目击录》中有一段散文可和《偷面包的汉子》一诗参看。

昨天，二月二十二日，我赴上议院。天气晴朗，午日当空，但仍很冷。我看见两个士兵押着一个汉子从都尔农街走来。那汉子头发淡金色，面孔苍白，瘦削，凶狠；三十岁左右，粗布裤，擦损了的光脚穿着木鞋，血迹斑斑的布缠住脚踝代替了袜子；一件短工人服，背上有泥痕，说明他经常躺在街石上；光着头，头发蓬松。他臂下夹着一个面包。四周的人说他就是为偷这面包被押起来……一辆刻有徽章的四轮大马车停在兵营外。从打开的玻璃窗可以清楚地看见一个美丽的少妇，娇嫩而且白，正在逗着一个裹在花边里的小孩玩：这少妇并没发觉那可怕的汉子在望着她。我沉沉以思。这汉子对我已经不是一个人，而是苦难的幽灵，是革命在光天化日中的丑陋，阴森，突兀的现形，——这革命还是潜伏在黑暗里，但一定会来的。从前，穷人和富人肩摩踵接，但并不互相注视……从那汉子发觉这少妇的存在而这少妇看不见那汉子的一刻起，风暴便不可避免了。

译自《目击录》(*Choses vues*）第八章

初刊一九六一年十月九日《羊城晚报》

碎石子的老人

这是法国十九世纪大诗人雨果揭发资本主义社会最普遍最突出的矛盾的八幅“悲惨图”之一。从诗人对一个碎石子的老人的独白中展开一幅尖锐的对照图。一方面是一个壮年曾参加卫国战争的农民，他贫困终身，到老还靠在路边碎石子度日。刚好这时一辆马车疾驰而过，里面睡着一个在老人为国流血时发国难财的内奸。可是老人遭人白眼，而内奸却受人尊敬。

（译者注）

你碎石子度日，老人，在大路旁；
你的破帽子开向潮湿的空气；
你的秃头在时光和雨中生了锈；
酷热是你的暴君，冷是刽子手；
你的瘦骨在破褂下簌簌发抖；
你的茅舍，跟路边濠沟一样高，
让小羊啮吃它长满青苔的檐；
你每天的收入刚好够你早上

吃点黑面包，而晚上空着肚子；
而且，像个骇人的可疑的鬼影，
在苍茫的暮色中被人家斜睨，——
那么褴褛，过路人都提心吊胆；
跟冷飕飕的阴郁的古木同年，
你的岁月掉下来像树叶一样；
从前，当你正年富力强，眼看着
整个仇视着我们的欧洲跑来
威胁巴黎和我们新生的曙光，
狂涛似地扑向仓皇的法兰西，——
眼看着俄罗斯和匈奴和北方
吐出的魔王蹂躏我们的圣地，——
你站起来，举起你的铁耙；那时，
你是，在指挥抗战的国王眼里，
我们桑班省一个伟大的农民。
很好。但，看哪，那边，沿着青田垅，
来了一辆篷车，简直旋风一样，
在那从你额头抖掉的烟尘里，
鞭子的闪电混着车轮的雷鸣。

一个人在里面睡着。老人，脱帽！
这客人就在你流血时发大财；
他打赌我们的贬值，我们陷落
得越深越可靠他就升得越高；
我们的烈士们需要一个饿鹰；
他就是；孜孜不倦，永远窥伺着，
他趁国难使堡垒和国库淌汗；
莫斯科用香草垛布满了他的
草原；莱锡为他买僮仆和猎狗；
而贝连辛拿[1]运来了一座宫殿；
为了他，为了让他有花，有亭台，
有敞着大铁门的巴黎的大厦，
还有天鹅在池中游泳的花园，
滑铁炉[2]涌出百万欢快的金元，
因而他用灾难造成他的胜利，
而且，为了把它吃，喝和磨折，
这衰洛克[3]，挥起布吕赫[4]的利剑，
从法兰西身上割掉一磅肉；
但大家都讨厌你，却对他尊敬；

老人，你不过是个穷光蛋，而这

富翁是长者。好吧，立正，并脱帽！

译自《静观集》第三卷《悲惨图》第八节，

标题与说明为译者所加

初刊一九六一年十月九日《羊城晚报》

注释：

1 贝连辛拿，河名。

2 滑铁炉，拿破仑被欧洲联军击溃的战场。

3 衰洛克，莎士比亚喜剧《威尼斯商人》中的主角，典型的贪婪残酷的高利贷者。为了报复威尼斯一个富商平日对他的蔑视，当这后者因意外急需向他贷款时，他以“如期满不还，在商人身上割一磅肉”为条件。

4 布吕赫，因他的增援而决定欧洲联军的胜利的普鲁士大将名。

赴难

（原题“返巴黎途中”）

这首诗作于1870年8月31日，在雨果赶回巴黎的途中，距离他被迫离开他亲爱的母亲法兰西国境刚好20年。那时新兴的普鲁士侵略军已深入法境，并在色丹战役俘虏了那御驾亲征的拿破仑第三皇帝。回溯20年前，即1851年12月2日，他因坚决反对拿破仑第三称帝，建立所谓第二帝国，被驱逐出法国国境；又因他始终坚持革命立场，发誓“非偕自由不回法国”，一再被他所寄寓的当地政府下逐客令：由比京布鲁塞到英属泽尔西岛（为了他发表《拿破仑小子》和《一桩罪恶的历史》两本抨击拿破仑第三的小册子），又由泽尔西到另一个英属海岛格尔西尼（为了他对英女皇维多利亚访问拿破仑第三作激烈的表示），饱尝了到处遭受白眼的逐客滋味。但也就是在那两个海岛上他先后完成了他的小说杰作《可怜的人们》[1]和“三部沸腾着反抗情绪和革命思想”的诗巨著《天惩集》，《静观集》和《历代传说》。现在，那驱逐他出境的帝国快要垮台了，他的自由是恢复了，但强敌当前，巴黎危在旦夕。他不得不赶回法国，参加对侵略者的抗战。他在这首诗里沉痛地表现了他那崇高的爱国主义的痛苦和“对危险要占全分”的决心。

（译者注）

谁此刻（连上帝或许也无法猜）
　　卜得准
究竟车轮要转向哪一面：阴霾
　　或欢欣？

你那冥冥的手要揭晓什么谜，
　　啊命运？
那将是个无耻而不祥的影子
　　或晨星？

我同时瞥见了那极泰和极否；
　　黑的图！
因法兰西该得胜，而帝国只配
　　滑铁炉！

我要去，要回到你神圣的城心，
　　啊巴黎！

把这永远不灭的逐客的灵魂
　　带给你。

既然这时候大家要一齐动手，
　　傲而烈，
去粉碎墙外的暴虎和屋里头
　　那长蛇；

既然纯理想，无法把我们领导，
　　已沉没；
既然任谁多大都该殉难，多小
　　都能克；

既然眼见升起了暴徒的黑日
　　在天空；
既然在我们面前一切都是死
　　或光荣；

既然当这神圣的日子血在溅，
　　屋在烧；

既然这时候懦夫们瑟缩不前，

我来了！

而我的野心，当这外来的强盗

已临境，

是：对权位毫无分，对危险却要

占全分。

既然这些敌人，昨天还是上宾，

已入室，

我要去，要在你的错误前跪禀，

法兰西！

我要侮辱他们的歌，的鹰，的爪

和挑战；

求你允许我，你儿子，跟你一道

共苦难。

狠狠地，尊敬着（不顾他们笑谑）

你的祸，

我要吻你的脚，法兰西，眼冒着
　　泪和火。

你就要看见，法兰西，我虽微贱，
　　忠于你；
我灵魂里从来没有别的想念，
　　只有你。

你将会接受我，走出了黑暗，做
　　你儿子；
任那得意洋洋的人幸灾乐祸，
　　笑嘻嘻，

你不会嫌弃我的崇拜，祷告着，
　　眼迷晃
于你那金光灿烂的长胜前额，
　　如朝阳。

从前，当狂欢日小信的人煊耀
　　和雀跃，

仿佛从些葡萄的枯枝发出了[2]
　　一堆火，

当你，沉醉于胜利，美梦和光灿，
　　边欢唱
边狂舞，给成功的辉煌的虚幻
　　所迷惘；

当你欢宴的乐队响彻了天地，
　　啊巴黎，
我逃避你就像从前那黑先知
　　逃避梯。

当帝国把你变成万恶的都市，
　　苦又闷，
我逃到大海的茫茫的悲哀里
　　去藏身。

悲愤地，听着你的歌，你的喧闹
　　和狂热，

我对你的梦，你的豪华，你的笑，
　　全拒绝。

可是今天，当暴敌领着豺狗队
　　已突到，
今天，当你四周的世界在崩溃，
　　我来了！

在你被凌辱的时候紧靠着你，
　　法兰西，
啊母亲，把你链上我的环戴起，
　　我愿意。

我跑来，既然炮火的唾沫向你
　　如雨下。
你要看着我在你城墙上挺立，
　　或躺下。

在你闪着希望火炬的沃土上，
　　法兰西，

你会赐给我，来酬报我的流放，

　　一堆泥。

全诗可分六段。

第一段由第1到12行，说出诗人对时局的深切关怀和对法兰西前途的忧喜交集的矛盾愿望：第二帝国是推翻了，法兰西和他个人都该重新获得自由了；但大敌当前，结局是吉是凶呢？“因法兰西该得胜，而帝国只配滑铁炉”，意思是：当作一个自由的国家，法兰西是该得胜的；可是那还在统治着法兰西的拿破仑第三所建立的第二帝国，却只配遭受滑铁炉的命运。滑铁炉是拿破仑第一被欧洲联军击溃（1815年6月18日）的战场，“只配滑铁炉”就是只配吃败仗的意思。

第二段由13至16行，表示诗人要赶回巴黎赴难的决心。

第三段由17至32行，申说他所以要赶回巴黎的形势和理由。“粉碎墙外的暴虎和屋里头那长蛇”，“暴虎”指普鲁士侵略军，“长蛇”指拿破仑第三和他的第二帝国。“任谁多大都该殉难，多小都能克”，是说“无论谁地位多高，都有为国捐躯的义务；或身世多微贱，都有战胜敌人的力量”。

第四段由 33 至 60 行，陈述他回国后的志愿和动作。“对权位毫无分，对危险却要占全分”就是只知共患难而决不计较权利和地位的深一层说法。

第五段由 61 至 80 行，诗人回忆在第二帝国统治的期间，他在放逐期间对第二帝国统治下的纸醉金迷的巴黎所持的态度。“黑先知”指旧约圣经的以西结，这先知曾诅咒和逃避他祖国的罪恶贯盈的首都梯城。

第六段由 81 行至最后一行，重申他要和法兰西共存亡的决心。“把你链上我的环戴起”就是甘心负担起法兰西所受的苦难中他应占的部分。

* * * *

9 月 5 日，雨果回到巴黎。临时政府已经成立，并没有位置留给他，但一点也不能抑制他的激昂（“对权位毫无分，对危险却要占全分”）。群众在巴黎北站对他的欢迎一开头便使他感到说不出的兴奋：

人山人海等着我。无法形容的欢迎。我讲了四次话。一次从一家咖啡馆的露台，三次从我的车子上。和这不断增加的群众分手时，我对人民说，“你们在一小时内偿还了我 20 年的流放”。人们唱着“马赛曲”和“出发歌”。人们高呼：雨果万岁！每一刻都听到群众中朗诵《天惩集》诗句的声音。我握了六千多次的手……

雨果和巴黎群众完全打成一片了。

（译者注）

初刊《作品》一九五七年六月号

注释：

1 《可怜的人们》即《悲惨世界》。——编者注

2 有人主张“了”字现代口语读“啦”音，不能押韵。我却以为读诗和口语尽可不一致。英、法朗诵诗和歌唱多少保存古音，譬如字母R。何况“了”字在京剧和其他地方剧都仍保存原音，且常常用来押韵，为什么新诗不能沿用？

波特莱尔

契合

自然是座大神殿，在那里
活柱有时发出模糊的话；
行人经过象征底森林下，
接受着它们亲密的注视。

有如远方的漫长的回声
混成幽暗和深沉的一片，
渺茫如黑夜，浩荡如白天，
颜色，芳香与声音相呼应。

有些芳香如新鲜的孩肌，
宛转如清笛，青绿如草地，
——更有些呢，朽腐，浓郁，雄壮。

具有无限底旷邈与开敞，
像琥珀，麝香，安息香，馨香，
歌唱心灵与官能底热狂。

秋歌

一

不久我们将沦入森冷的黑暗；
再会罢，太短促的夏天底骄阳！
我已经听见，带着惨怆的震撼，
枯木槭槭地落在庭院底阶上。

整个冬天将窜入我底身：怨毒，
恼怒，寒噤，恐怖，和惩役与苦工；
像寒日在北极底冰窖里瑟缩，
我底心只是一块冰冷的红冻。

我战兢地听每条残枝底倾坠；
建筑刑台的回响也难更喑哑。
我底心灵像一座城楼底崩溃
在撞角[1] 底沉重迫切的冲击下。

我听见，给这单调的震撼所摇，
仿佛有人在匆促地钉着棺材。
为谁呀？——昨儿是夏天；秋又来了！
这神秘声响像是急迫的相催。

二

我爱你底修眼里的碧辉，爱人，
可是今天什么我都觉得凄凉，
无论你底闺房，你底爱，和炉温
都抵不过那海上太阳底金光。

可是，还是爱我罢，温婉的心呵！
像母亲般，即使对逆子或坏人；
请赐我，情人或妹妹呵，那晚霞
或光荣的秋天底瞬息的温存。

不过一瞬！坟墓等着！它多贪婪！
唉！让我，把额头放在你底膝上，
一壁惋惜那炎夏白热的璀璨，
细细尝着这晚秋黄色的柔光！

注释：

1 撞角，欧洲中世纪用的一种攻城机，形如羊角。

祝福

当诗人奉了最高权威底谕旨
出现在这充满了苦闷的世间，
他母亲，满怀着亵渎而且惊悸，
向那垂怜她的上帝拘着双拳：

——“呀！我宁可生一团蜿蜒的毒蛇，
也不情愿养一个这样的妖相！
我永远诅咒那霎时狂欢之夜，
那晚我肚里怀孕了我底孽障！

“既然你把我从万千的女人中
选作我那可怜的丈夫底厌恶，
我又不能在那熊熊的火焰中
像情书般投下这侏儒的怪物，

“我将使你那蹂躏着我的嫌憎
溅射在你底恶意底毒工具上，
我将拼命揉折这不祥的树身
使那病瘵的蓓蕾再不能开放！”

这样，她咽下了她怨毒底唾沫，
而且，懵懵然于那永恒的使命，
她为自己在地狱深处准备着
那专为母罪而设的酷烈火刑。

可是，受了神灵底冥冥的荫庇，
那被抛弃的婴儿陶醉着阳光，
无论在所饮或所食的一切里，
都尝到那神膏和胭脂的仙酿。

他和天风游戏，又和流云对语，
在十字架路上醉醺醺地歌唱，
那护他的天使也禁不住流涕
见他开心得像林中小鸟一样。

他想爱的人见他都怀着惧心，
不然就忿恨着他那么样冷静，
看谁能够把他榨出一声呻吟，
在他身上试验着他们底残忍。

在他那分内应得的酒和饭里，
他们把灰和不洁的唾涎混进；
虚伪地扔掉他所摸过的东西，
又骂自己把脚踏着他底踪印。

他底女人跑到公共场上大喊：
“既然他觉得我美丽值得崇拜，
我要仿效那古代偶像底榜样；
像它们，我要全身通镀起金来。

“我要饱餐那松香，没药和温馨，
以及跪叩，肥肉，和香喷喷的酒，
看我能否把那对神灵的崇敬
笑着在这羡慕我的心里僭受。

“我将在他身上搁这纤劲的手
当我腻了这些不虔敬的把戏；
我锋利的指甲，像只凶猛的鹫，
将会劈开条血路直透他心里。

“我将从他胸内挖出这颗红心，
像一只颤栗而且跳动的小鸟；
我将带着轻蔑把它往地下扔
让我那宠爱的畜牲吃一顿饱！”

定睛望着那宝座辉煌的天上，
诗人宁静地高举虔敬的双臂，
他那明慧的心灵底万丈光芒
把怒众底狰狞面目完全掩蔽：

——“我祝福你，上帝，你赐我们苦难
当作洗涤我们底罪污的圣药，
又当作至真至纯的灵芝仙丹
修炼强者去享受那天都极乐！

“我知道你为诗人留一个位置
在那些圣徒们幸福的行列中，
我知道你邀请他去躬自参与
那宝座，德行和统治以至无穷。

“我知道痛苦是人底唯一贵显
永远超脱地狱和人间底侵害，
而且，为要编织我底神秘冠冕，
应该受万世和万方顶礼膜拜。

“可是古代棕榈城散逸的珍饰，
不知名的纯金，和海底的夜光，
纵使你亲手采来，也不够编织
这庄严的冠冕，璀璨而且辉煌；

“因为，它底真体只是一片银焰
汲自太初底晶莹昭朗的大星：
人间凡夫底眼，无论怎样光艳，
不过是些黯淡和凄凉的反映！”

魏尔仑

感伤的对语

一座荒凉，冷落的古园里，
刚才悄悄走过两个影子。

他们眼睛枯了，他们嘴唇
瘪了，声音也隐约不可闻。

在那荒凉，冷落的古园里，
一对幽灵依依细数往事。

“你可还记得我们底旧欢?”
“为什么要和我重提这般?”

“你闻我底名字心还跳不?
梦里可还常见我底魂?”——“不。”

“啊，那醉人的芳菲的良辰，
我们底嘴和嘴亲!”——“也可能。”

“那时天多青，希望可不小！”
“希望已飞，飞向黑的天了！”

于是他们走进乱麦丛中，
只有夜听见这呓语朦胧。

月光曲

你底魂是片迷幻的风景
斑衣的俳优在那里游行，
他们弹琴而且跳舞——终竟
彩装下掩不住欲颦的心。

他们虽也曼声低唱，歌颂
那胜利的爱和美满的生，
终不敢自信他们底好梦，
他们底歌声却散入月明——

散入微茫，凄美的月明里，
去萦绕树上小鸟底梦魂，
又使喷泉在白石丛深处
喷出丝丝的欢乐的咽声。

白色的月

白色的月
照着幽林，
离披的叶
时吐轻音，
声声清切：

哦，我底爱人！

一泓澄碧，
净的琉璃，
微波闪烁，
柳影依依——
风在叹息：

梦罢，正其时。

无边的静
温婉，慈祥，
万丈虹影

垂自穹苍
五色辉映……[1]

幸福的辰光!

注释:

1 本诗第三节字面和原作微有出入。原作末三行大意是“垂自月华照耀的穹苍”,译文却用“万丈虹影”把诗人所感到的“无边的静”Visualized(烘托)出来。因为要表现出原作音乐底美妙,所以擅自把它改了。

泪流在我心里

泪流在我心里，
雨在城上淅沥：
哪来的一阵凄楚
滴得我这般惨戚？

啊，温柔的雨声！
地上和屋顶应和。
对于苦闷的心
啊，雨底歌！

尽这样无端地流，
流得我心好酸！
怎么！全无止休？
这哀感也无端！

可有更大的苦痛
教人慰解无从？
既无爱又无憎，
我底心却这般疼。

狱中

天空，它横在屋顶上，
　　多静，多青！
一棵树，在那屋顶上
　　欣欣向荣。

一座钟，向晴碧的天
　　悠悠地响；
一只鸟，在绿的树尖
　　幽幽地唱。

上帝呵！这才是生命，
　　清静，单纯。
一片和平声浪，隐隐
　　起自城心。

你怎样，啊，你在这里
　　终日涕零——
你怎样，说呀，消磨去
　　你底青春？

歌德

流浪者之夜歌

这两首同题的诗，并不是相连贯的。第一首作于一七七六年二月十二日之夕，经一度家庭口角之后。诗成，歌德立刻寄给他一生最倚重的女友石坦安夫人。第二首是一七八三年九月三日夜里，用铅笔写在伊门脑林巅一间猎屋底板壁上。一八三一年八月二十六日，歌德快八十二岁了，距他底死期仅数月，他一鼓作气直登伊门脑旧游处，重见他三十八年[1]前写下的诗句，不禁潸然泪下，反复沉吟道：

等着罢：俄顷

你也要安静。

（译者注）

一

你降自苍穹

来抚慰人间底忧伤与创痛；

把灵芝底仙芬

加倍熏陶那加倍苦闷的魂：

唉！我已倦于扰攘和奔波！
何苦这无端的哀乐？
甘美的和平啊！
来，唉！请来临照我心窝！

二

一切的峰顶
沉静，
一切的树尖
全不见
丝儿风影。
小鸟们在林间无声。
等着罢：俄顷
你也要安静。

注释：

1 疑为四十八年前。——编者注

对月吟

你又把静的雾辉
笼遍了林涧，
我灵魂也再一回
融解个完全；

你遍向我底田园
轻展着柔盼，
像一个知己底眼
亲切地相关。

我底心长震荡着
悲欢底余音，
在苦与乐间踯躅
当寂寥无人。

流罢，可爱的小河！
我永不再乐：
密誓，偎抱与欢歌
皆这样流过。

我也曾一度占有
这绝世异珍！
徒使你充心烦忧
永不能忘情！

呜罢，沿谷的小河，
不息也不宁，
呜罢，请为我底歌
低和着清音！

任在严冽的冬宵
你波涛怒涨，
或在艳阳的春朝
催嫩蕊争放。

幸福呀，谁能无憎
去避世深藏，
怀抱着一个知心
与他共安享。

那人们所猜不中
或想不到的——
穿过胸中的迷宫
徘徊在夜里。

迷娘歌

你可知道那柠檬花开的地方？
黯绿的密叶中映着橘橙金黄，
骀荡的和风起自蔚蓝的天上，
还有那长春幽静和月桂轩昂——
你可知道吗？
那方啊！就是那方，
我心爱的人儿，我要与你同往！

你可知道：那圆柱高耸的大厦，
那殿宇底辉煌，和房栊底光华，
还有伫立的白石像凝望着我：
"可怜的人儿，你受了多少折磨？"——
你可知道吗？
那方啊！就是那方，
庇护我的恩人，我要与你同往！

你可知道那高山和它底云径？
骡儿在浓雾里摸索它底路程，
黝古的蛟龙在幽壑深处隐潜，

崖砯石转，瀑流在那上面飞湍——
你可知道么？
那方啊！就是那方，
我们趱程罢，父亲；让我们同往！

幸福的憧憬

别对人说，除了哲士，
因为俗人只知嘲讽：
我要颂扬那渴望去
死在火光中的生灵。

在爱之夜底清凉里，
你接受，又赐予生命；
异样的感觉抓住你，
当烛光静静地辉映。

你再也不能够蛰伏
在黑暗底影里困守，
新的怅望把你催促
去赴那更高的婚媾。

你不计路程底远近，
飞着跑来，像着了迷，
而终于，贪恋着光明，
飞蛾，你被生生焚死。

如果你一天不发觉
“你得死和变！”这道理，
终是个凄凉的过客
在这阴森森的逆旅。

浮士德（节选）

献词

这首抒情的序曲作于一七九七年六月，距《浮士德》初稿约廿五年、“浮士德断片”约八年。这时候，诗人丰熟的头脑（他正四十八岁）又开始经营他久别的杰作。他逃避现在而隐遁于过去的世界；这首凄惋的诗就是献给他那些或散或亡的年轻的知交的。

（译者注）

你们又来临了么，飘忽的幻影[1]！
早年曾显现于我蒙胧的眼前。
今番，我可要努力把你们凝定？
难道我还不忘情于那些梦幻？
你们蜂拥前来！好！随你们高兴。
尽管在烟雾间从我四周涌现。
给那簇拥你们的灵氛所鼓荡，
我的胸怀又闪着青春的怅望。

你们带来欢乐的年光的影子，
多少亲挚的音容偕你们现呈，
像出漶漫了一半的古旧传奇，
最初的爱和友谊纷纷地莅临：
痛苦又更新了，它的呜咽重提
我那漂泊的生涯羊肠的旅程，
并细数那些良朋，他们在韶年
被命运摧折，已先我永别人间。

我为他们唱出我最初的感叹，
他们却听不见我后来的歌吟；
知心的话儿既早已风流云散，
那最初的应和，唉！也永远消沉。
我的歌声把陌生的听众摇撼；
他们的赞扬徒使我心急如焚，
而少数知音，如果他们还活着，
也已四散飘零于天涯和海角。

可是一缕久生疏的袅袅乡思，
又曳我向那静谧庄严的灵都；

我凄惋的歌儿，像伊妸[2]的琴丝，
带着迷离的音调婣婣地低诉。
一阵颤栗抓住我，眼泪接眼泪：
硬心肠化作一团温软的模糊。
我眼前有的，霎时消逝得远远：
那消逝了的，重新矗现在眼前。

注释：

1 飘忽的幻影，指那些闪动于诗人想象的眼前的剧中人物模糊的形体，有待于歌德之凝定并赐予永生的。

2 伊妸，竖琴之一种，风过即鸣，以凄惋幽咽著称。

浮士德独白

我已经，唉！哲学呀，医药呀，
法律呀，还有，抱歉得很，神学呀，
我已经废寝忘食，屹屹穷年，
一一透彻地钻研。
而我站在这里，我可怜的蠢材！
恰好和从前一样乖。
被称作夫子，被称作博士，
并且已经快要十年，
我可以任意把我的弟子
左左右右颠颠倒倒地驱遣，——
现在才清楚，我们什么都不能知道！
这真够使我五内焚烧，
不错，我总比所有那些蠢货，
博士，夫子，作家和牧师懂得多：
没有顾虑和怀疑烦扰我，
我也不怕什么地狱和妖魔。
但因此也被剥夺了一切快乐：
我不能夸说有什么真知灼见，
不能夸说能教人家一些什么，

可以把他们改善和转变。
同时我也没有产业没有钱财，
没有荣耀也没有社会的光彩，
就是狗也不愿再这样活下去！
所以我决意献身给魔术，
看看能否靠心灵的威力，
获得多少玄机的启示；
使我不必再脸红耳赤，
在人前强不知以为知；
使我洞悉整个宇宙，
那最内在最微妙的机构，
默察一切动力和原始的现象，
不再干那徒托空言的勾当。

啊，但愿你，你盈盈的月亮，
最后一次照见我的悲怆！
多少次我直到深更残漏，
曾在书桌前把你守候：
那时你便在断简残编间，
凄凉的朋友，出来和我会面！

唉！假如我能够在高高的山上
缓步于你那脉脉的柔光，
在石岩间与精灵共翱翔，
在草原上你的朦胧中徜徉，
而且，涤尽了一切知识的烟瘴，
浴在你露水中恢复我的健康！
啊呀！我还在这地穴里蜷伏？
可诅咒的窒息的牢狱，
连天上澄净的光辉
也得混浊地透过彩窗渗过来！
触目是堆积如山的书籍，
给尘土所封，给蠹虫所蚀，
给那一直顶到高高的屋背
被烟熏黑了的故纸所掩盖；
到处都是箱子，瓶子，玻璃杯，
到处都是东歪西倒的仪器，
和祖传的老古董，光怪陆离——
这就是你的世界，这也成个世界！

而你还要问，为什么在你胸中，

苦闷紧紧箍住你的心房？
为什么一阵无名的酸痛，
抑制住一切生命的飞翔？
替代那新鲜活泼的自然，
上帝在那里面把人创造，
你四周只有霉味和乌烟，
笼罩着累累的人骨和兽爪。

逃！起来！逃到空阔的海天！
难道这本书，充满了玄奥，
诺士达大牟士[1]所亲手秘传，
还不够做你的向导？
那时你将认识星辰的运行；
而且，大自然若肯睁开你眼睛，
灵魂的力量将启示给你，
像心灵对着心灵的密语。
枯燥的理智在这里徒然
为你诠释那神圣的符号。
精灵啊，你们在我四周盘旋：
请回答我，要是听见我呼召！

（把书打开，瞥见大宇宙符。）
嗄！怎样的欣悦只在这一寓目
霎时间从我底官能一齐溅涌？
我感到那青春圣洁的生之幸福，
像熊熊的新火，在我脉络里流通。
那画这些符的，可是个神明？
它们平息了我胸中的簸荡，
使我的心头充溢着欢欣，
并且带着一阵神秘的冲动
在我四周宣示大自然的力量。
我可也是神？一切都那么玲珑，
我在这些清纯的笔画里静观
那创造的自然在我灵魂前开展。
现在我才明白这圣哲[2]的名言：
"灵界的门径并没有封埋；
你的心死了，你的意也锁闭，
起来，门徒，起来，不辍不息，
在晨光中涤荡你的尘怀！"
（凝望着那符。）
看万有怎样凝结成完整！

众元怎样相克又相应，
上天的群力怎样下降又上升，
互相传递着金印，
展开那给祝福熏香的翅膀，
它们氤氲着地面和天堂，
使整个宇宙振荡着共鸣！

怎样的奇观，但是唉，仅仅是奇观，
我从哪里抓你，无限的大自然？
你底奶头，何处？你一切生之源，
你是天地的维系，
而这干瘪的胸膛挤向你——，
你涨，你泛滥了宇宙；而我空自焚煎。
（轻轻地另翻一页，瞥见了地灵[3]符。）
这一符对我的感召多么两样！
你，地灵，和我较为接近。
我已感到我的力量骤增；
我已燃起烈焰，像喝醉了新酿。
我已感到勇气，到世界去驰骋，
负起大地的痛苦，大地的欢欣，

去跟那狂风暴雨和骤浪拼命，

不在帆摧樯折的噩响中丧心。

乌云升起来了——

月亮藏起它的银辉——

灯光沉沉欲灭，

烟雾弥漫！——一道红光，

绕着我头顶闪亮，一阵寒颤

从屋顶降下来，

抓住我！

我感到了，你在我四周盘旋，

我所恳求的精灵啊，

显现吧！

呀，我的五内是怎样寸断！

向着新的情感，

我所有的官能一齐震撼！

我感到整个心儿都向你奉呈！

显现吧！显现吧！即使要我的命！

（拿起书来，口中神秘地喃喃着地灵符。一道红焰射出来，地灵就在火焰中显现。）

选自《悲剧第一部·夜》，
标题为编者所加

注释：

1　诺士达大牟士，拉丁写法为 Nostradamus，是法国查理九世的御医兼占星学家。

2　这圣哲，大概仍指诺士达大牟士。

3　地灵，地灵这观念得自文艺复兴时代的方士和一些泛神派及神秘派的哲学家。对于歌德，它是宇宙间一切生长和变易的原动力，大自然的永远流动永远活跃的力的化身，人类一切祸福休咎的赐予者。它伟大，可怕，无善恶，永远在演变，创造又毁坏，歌德在他年轻时代的作品里所常常讴歌的（参看拙译《一切的峰顶》的散文片断《自然》）。

跳蚤歌

靡匪士陀（唱。）

古时候有一个国王，
养着一只大跳蚤，
国王非常宠爱它，
胜过自己的小宝宝。
于是国王召裁缝，
裁缝立刻来应召，
“为公子裁件衣裳，
连同裤子都裁好。”

布朗德

莫忘告诫好裁缝，
尺寸务须要量准，
他若小心他的脑袋，
裤上别要有皱纹！

靡匪士陀

蚤子现在穿上了
天鹅绒衣和缎袍。

衣上还挂有飘带，
十字章也不缺少。
蚤子立刻做丞相，
胸前大星章辉耀。
它的兄弟和姊妹，
都到朝廷做官僚。

朝上男官和女官，
都受折磨和骚扰。
宫中王后和妃嫔，
都受它螫受它咬。
而且不敢伤害它，
连痒处也不敢搔。
但是蚤子若咬我们，
我们就把它杀掉！

合唱（欢叫。）
但是蚤子若咬我们，
我们就把它杀掉！

选自《悲剧第一部·莱比锡市的奥尔巴哈地下酒窖》，
标题为编者所加

屠勒王之歌

玛格丽特（执灯上。）

这里是那么沉闷，那么混浊，

（把窗户打开。）

外面的空气可比较凉快。

我心里不晓得怎样感觉！

只盼望母亲早一点回来。

我全身都起了一阵寒噤——

我真是个胆小的蠢女人！

（一面宽衣，一面唱歌。）

古时有个屠勒王[1]，

贞节至死也不改。

当年爱妃临终时，

赠他一个黄金杯。

爱杯胜于爱性命，

每餐不忘杯在手；

每逢举杯自倾饮，

双泪不觉相和流。

及到死期临近时，
举国珍宝和城池，
一一分赠众世子，
独留金杯在手里。
巍巍古堡临海滨，
赫赫祖堂宴群臣，
国王坐在高堂上，
两旁武士何纷纷！

龙钟老王忽起立，
一口饮尽生命火，
即把圣洁黄金杯，
投向茫茫碧海波。

目送杯翻杯自饮，
杯沉海底深又深，
两眼也随杯影沉，
从此一滴不再饮。

（开橱放衣，瞥见小宝匣。）

这美丽的小匣怎么会在这里？
我可是已经把它锁得紧紧。
真奇怪；里面究竟有什么东西？
也许有人拿来做抵押品
向我母亲借贷。
这里，带子上挂着一条小钥匙——
我真想把它打开！
在天的上帝！瞧，这是什么？
这样的东西我从未看见过！
一套首饰！就是贵妇也可以
带着它去赴最盛大的宴会。
不知道这颈链合适我不合适？
这一堆珍宝究竟属于谁？
（把颈链挂上，走到镜子面前。）
只要这副耳环属于我！
别人看待我就完全两样。
你的美貌和青春又有什么？
这一切当然都美，都不错，
只是人们不把你看在眼里；
人家称赞你，一半出于哀怜。

人人都要钱，

一切都是钱，

唉！我们穷人真贱！

选自《悲剧第一部·薄暮》，

标题为编者所加

注释：

1 屠勒国，北海中一小岛，纪元前三三〇年为马尔塞之航海者所发现，后失其所在，遂成为传奇中之国土。

守望者之歌

生来为观看，
矢志在守望，
受命居高阁，
宇宙真可乐。
我眺望远方，
我谛视近景，
月亮与星光，
小鹿与幽林，
纷纭万象中，
皆见永恒美。
物既畅我衷，
我亦悦己意。
眼呵你何幸，
凡你所瞻视，
不论逆与顺。
无往而不美！

译自《浮士德》第二部第五幕

初刊一九三六年《一切的峰顶》

神秘的和歌

一切消逝的
不过是象征；
那不美满的
在这里完成；
不可言喻的
在这里实行；
永恒的女性
引我们上升。

《浮士德》全剧终场曲

初刊一九三六年《一切的峰顶》

尼采

流浪人

一个流浪人迈着大步
在夜里趱程；
跨过长的峡，羊肠的谷——
翻山又越岭。
良夜悠悠——
他尽管走，永不停留，
不知哪里是路底尽头。

一只好鸟在夜里唱：
“唉，鸟呀，你为什么这样！
为什么勾住我底脚和心，
为什么把这凄凉的清音
灌注我底耳，教我不能不停
不能不听——
为什么唤我用敬礼与嘤鸣？”——

好鸟沉默了半晌

说："不呀，流浪人，不！我嘤嘤歌唱
并不是唤你——
我只呼唤那高处的小雌——
这与你何干？
我独不觉得夜良——
这与你何干？因为你得朝前走
永远，永远不停留！
你为什么还踟蹰不进？
我箫似的歌声于你何伤：
啊，你流浪的人！"

好鸟沉默了想：
"我箫似的歌声于他何伤？
为什么他还踟蹰不进？——
可怜，可怜的流浪人！"

松与雷

我今高于兽与人；
我发言时——无人应。

我今又高又孤零——
苍然兀立为何人？

我今高耸入青云，——
静待霹雳雷一声。

威尼斯

倚着桥栏
我站在昏黄的夜里。
歌声远远传来：
滴滴的金泻在
粼粼的水面上。
画艇[1]，光波，音乐——
醉一般地在暮霭里流着……

我底灵魂是张弦琴，
给无形的手指轻弹，
对自己偷唱
一支画艇底歌，
为了彩色的福乐颤抖着。
——有人在听么？

注释：

1 画艇，原文Gondola，是威尼斯独有的一种小艇，与我国底画艇本迥然二物；不过二者皆为游乐而设，这一点却颇相仿佛。

遗嘱

死去，
像我从前看见他那样死去，
那曾经在我暗晦的青春里
放射电火与日光的朋友：
猛烈而且深沉，
战场上一个跳舞家——

在最快活的战士们当中，
在最严肃的胜利者当中，
树立一个命运在自己命运上，
坚强，深思，审慎——：

预先为胜利而颤栗着，
欢欣着将死在胜利里——：

临死还在指挥着
——而且指挥人去破坏……

死去，

像我从前看见他那样死去——

胜利者，破坏者……

太阳落了

一

你不会再燥渴多少时候了，
燃烧着的心呵！
预兆已经布满了空中，
呼息从无名的唇吹到我身上，
——伟大的清凉来了！

中午太阳热烘烘地照在我头上：
欢迎呀，你们回来的，
你们陡然的风，
午后底清凉的精神！

空气神秘而且清和地荡漾。
带着斜睨的眼
满充着诱惑，
夜不在向你招手吗？
坚忍着，勇敢的心！
别问：为什么？——

二

我生命底日子呵!
太阳落了。
平静的波面
已经铺上了金。
热气从岩石透出来:
说不定中午
幸福曾在那上面打盹罢?——
碧色的光,
幸福底反照,还在昏黄的深渊上闪烁着呢。

我生命底日子呵!
黄昏近了,
你半闭的眼
已经灼着红光,
你露水似的泪珠
已经滴滴流泻,
白茫茫的海上已经静悄悄地流着
你底爱情底紫辉,
你底最后的迟暮的福乐了……

三

宁静呵，金色的，来！
你，死底
最深刻，最甘美的前味！
——我太匆促跑过了我底路程吗？
现在，我双脚累了，
你底目光才来临照我，
你底幸福才来临照我。

四围只有波浪与游戏。
一切沉重的
全吞没在蔚蓝的遗忘里了——
我底艇懒洋洋地泊着。
风浪与航行——它早忘掉了！
愿望与希冀通沉没了，
灵魂和海平静地躺着。

啊，七重的静境！
我从未感到
那甘美的安定更近我，

太阳底目光更温暖！

——我峰顶底积雪不已经通红了吗？

银色，轻盈，像一条鱼，

我底艇在空间泛着……

朗费罗

黎明

一阵风从海上吹来，
　说：“啊雾儿，做房子给我吧。”

它招呼那些船儿，叫道：“驶进前，
　你水手们呀，黑夜已经跑了。”

又催促远方的陆地：
　“醒来吧！天已大亮。”[1]

它对树林说：“喊哟！
　把所有你的叶旗都挂出来哟！”

它触着木鸟儿的折叠的翅膀，
　说：“啊鸟儿，醒来歌唱吧。”

又经过农地，“啊公鸡儿，
　吹你的号筒，白天近了。”

它对田上的禾低声说：

　“鞠躬，敬礼这将临的清晨。”

它呼喊而过钟楼道：

　“啊钟儿！宣告时刻哟。”

它经过坟场带着一声叹气，

　说：“还未呀！静悄悄地卧着吧。”

初刊一九二一年十二月《学生杂志》八卷十二号

中英对照

注释：

1　初刊缺本段两行，据《一切的峰顶》（华东师范大学出版社，2016年）补录。——编者注

亚伦颇

赠海伦[1]

海伦，你底美艳对于我
仿佛尼斯河上的古舟，
从香熏的海蹁跹的渡过，
把倦客从远方的浪游
渡回他故乡底岸陬。

久在波涛汹涌的海上逍遥——
你玉簪的柔发，你典雅的面庞，
你水神的丰姿引我回到了
古希腊底荣光，
古罗马底堂皇。

看哪！在那远远的明窗里，
你手擎着盏玛瑙灯，
白石像般伫立婷婷！
啊，赛琪，

你莫非来自圣境！

初刊一九三一年《华胥社文艺论集》

注释：

1 海伦，古希腊神话中的美女。作者影射一位中学同学的母亲，“在热情的少年时代，为自己心灵里第一次纯理想式爱情而写的”。

梵乐希

水仙辞

（以安水仙之幽灵）

水仙是梵乐希酷爱的题材之一。他二十岁时初次发表的诗——即《水仙辞》，参看我底《保罗梵乐希先生》，见《诗与真》——便是咏它的。

一九二二年，距离《水仙辞》出现约三十年，他第三部诗集《幻美》初版，又载了一段《水仙底断片》。可是，这一次，已经不像从前那样，只是古希腊唯美的水仙，而是新世纪一个理智的水仙了。在再版的《幻美》里，我们又发现《水仙底断片》底第二、第三段。所谓断片，原就是未完成的意思，而第三段比较上更未完成。

一九二七年秋天一个清晨，作者偕我散步于绿林苑(Bois de Boulogne)。木叶始脱，朝寒彻骨，萧萧金雨中，他为我启示第三段后半篇底意境。我那天晚上便给他写了一封信，现在译出如下：

……水仙底水中丽影，在夜色昏瞑时，给星空替代了，或者不如说，幻成了繁星闪烁的太空：实在惟妙惟肖地象征那冥想出神底刹那顷——“真寂的境界”，像我用来移译“Présence Pensive”一样——在那里心灵是这般宁静，连我们自身的存在也不自觉了。在这恍惚非意识，近于空虚的境界，在这“圣灵的隐潜”里，我们消失而且和万化冥合了，我们在宇宙里，宇宙也在我们里：宇宙和我们的自我只合成一体。这样，当水仙凝望他水中的秀颜，正形神两忘时，黑夜倏临，影像隐灭了，天上底明星却一一燃起来，投影波心，照澈那黯淡无光的清泉。炫耀或迷惑于这光明的宇宙之骤现，他想象这千万的荧荧群生只是他的自我化身……

（译者注）

水仙，原名纳耳斯梭，希腊神话中之绝世美少年也。山林女神皆钟爱之。不为动。回声恋之尤笃，诱之不遂而死。诞生时，神人尝预告其父母曰：“毋使自鉴，违则不寿也。”因尽藏家中诸镜，使弗能自照。一日，游猎归，途憩清泉畔。泉水莹静，两岸花叶，无不澄然映现泉心，色泽分明。水仙俯身欲饮。忽觌水中丽影，绰约婵娟，凝视不忍去。已而暮色苍茫，昏黄中，两颊红花，与幻影同时寖灭。心灵俱枯，遂郁郁而逝。及众女神到水滨哭寻其尸，则仅见大黄白花一朵，清瓣纷披，掩映泉心。后人因名其花曰水仙云。诗中所叙，盖水仙临流自吊之词；即所以寓诗人对其自我之沉思，及其意想中之创造之吟咏。诗人借神话以抒写本意之象征而已。

一九二七年初夏译者附识

哥呵，惨淡的白莲，我愁思着美艳，
把我赤裸裸地浸在你溶溶的清泉。
而向着你，女神，女神，水的女神呵，
我来这百静中呈献我无端的泪点。

无边的静倾听着我，我向希望倾听。
泉声忽然转了，它和我絮语黄昏；
我听见银草在圣洁的影里潜生。
宿幻的霁月又高擎她黝古的明镜
照澈那黯淡无光的清泉底幽隐。

我呢！全心抛在这茸茸的芦苇丛中，
愁思，碧玉呵，愁思着我底凄美如梦！
我如今只知爱宠如幻的渌水溶溶，
在那里我忘记了古代蔷薇底欢容。

泉呵，你这般柔媚地把我环护，抱持，
我对你不祥的幽辉真有无限怜意。
我的慧眼在这碧琉璃的霭霭深处，
窥见了我自己底秀颜底寒瓣凄迷。

唉！秀颜儿这般无常呵泪涛儿滔滔！
间乎这巨臂交横的森森绿条
昏黄中有一线腼腆的银辉闪耀……
那里呵，当中这寒流淡淡[1]，密叶萧萧，
浮着一个冷冰冰的精灵，绰约，缥缈，
一个赤裸的情郎在那里依稀轻描！

这就是我水中的月与露底身，
顺从着我两重心愿的娟娟倩形！
我摇曳的银臂底姿势是何等澄清！……
黄金里我迟缓的手已倦了邀请；
奈何这绿荫环抱的囚徒只是不应！
我底心把幽冥的神号掷给回声！……

再会罢，潋潋的碧漪中漾着的娟影，

水仙呵……对于旖旎的心，这轻清的名
无异一阵温馨。请把蔷薇底残瓣
抛散在空茔上来慰长眠的殇魂。

愿你，晶唇呵，是那散芳吻的蔷薇，
抚慰那黄泉下彷徨无依的阴灵。
因为夜已自远自近地切切低语，
低语那满载浓影与轻睡的金杯。
皓月在枝叶垂垂的月桂间游戏。

我礼叩你，月桂下，晃漾着的明肌呵，
你在这万籁如水的静境寂然自开，
对着睡林中的明镜顾影自艾。
我安能与你妩媚的形骸割爱！
虚妄的时辰使绿苔底残梦不胜倦怠，
它欲咽的幽欢起伏于夜风底胸怀。

再会罢，水仙……凋谢了罢！暮色正阑珊。
憔悴的丽影因心中的轻喟而兴澜。
蔚蓝里，袅袅的箫声又恻然吹奏

那铃声四彻的羊群回栏的怅惘。
可是，在这孤星掩映的寒流澹澹，
趁着迟迟的夜墓犹未深锁严关，
别让这惊碎荧荧翠玉的冥吻销残！

一丝儿的希望惊碎这融晶。
愿涟漪掠取我从那流逐我的西风。
更愿我底呼息吹彻这低沉的箫声，
那轻妙的吹箫人于我是这般爱宠！……

隐潜起来罢，心旌摇摇的女灵！
和你，寂寞的箫呵，请将缤纷的银泪
洒向晕青的皓月脉脉地低垂。

注释：

1　淡淡，以冉切，水流安平貌。

里尔克

严重的时刻

谁此刻在世界上某处哭，
无端端在世界上哭，
在哭着我。

谁此刻在世界上某处笑，
无端端在世界上笑，
在笑着我。

谁此刻在世界上某处走，
无端端在世界上走，
向我走来。

谁此刻在世界上某处死，
无端端在世界上死，
眼望着我。

这村里

这村里站着最后一座房子
荒凉得像世界底最后一家。

这条路，这小村庄容纳不下，
慢慢地没入那无尽的夜里。

小村庄不过是两片荒漠间
一个十字路口，冷落而悸惴，
一条傍着屋宇前去的通衢。

那些离开它的，漂流得远远，
说不定许多就在路上死去。

下辑　译文选

蒙田

蒙田试笔（节选）

蒙田[1]

米赛尔·特·蒙田（Michel de Montaigne）于一五三三年一月二十八日生于法国卑里哥尔（Périgord）的蒙田堡。他父亲是波都城（Bordeaux）的富商，曾任该城的官职。自小他父亲便使他学拉丁文，所以拉丁文简直是他的国语；送他到邻近的农夫家里养，“使他”，依据他自己的话，“习于善遇贫民”。稍长，他肄业于纪因中学，才开始学法文，继习法律，并任该地公署的各种职务。可是到三十八岁便归隐于他自己的园地，闭门读书著述，以逃避当时的内战。一五八〇年至一五八一年，正当他游历意大利及瑞士之际，他被选为波都县长，连任了四年。他在一五六五年结婚，生六女，其中五个皆夭折。他的《论文集》（*Les Essais*）的头两卷出版于一五八〇年，第三卷于一五八八年；四年后便与世长辞了。

蒙田与拉伯雷（François Rabelais 1483 或 1500—1553）同是法国文艺复兴时代的大散文家，代表思想上的文艺复兴，这就是说，近代欧洲对于希腊拉丁的哲学、政治，及伦理思想之了解，吸取与发扬；同是真正的人文主义者；不过，从体裁言，一个出之于一种独创的轻松、自然、迂回多姿的论文，一个则集中于一部（或两部）丰富的、粗壮的、诙谐的、讽刺的小说（*Gargantua et Pantagruel*[2]）罢了。

是的，蒙田的确是欧洲近代论文（Essai 原意是“试笔”）的创造者。他的《论文集》出版不久，英国的哲人培根（Bacon）便跟着他也写了一部《论文集》，其中蒙田思想的痕迹是显而易见的，虽然两人的性格和作风都相去甚远。以后“论文”的作者，特别是在英国，更络绎不绝于文学史上了，然而始终没有一个能够超过甚或比拟蒙田的渊博与自然的。

但他的影响又不止限于论文此一特殊区域而已，差不多没有一种文体，自从他出世，不因他而丰富化和深刻化的。英国的戏剧家和小说家，从莎士比亚、卞·忠孙（Ben Jonson）以至现代沃尔弗（Virginia Woolf）夫人都从蒙田得了不少哲学上的或心理上的养料。在法国本身呢，如果我们想想：性格、思想和作风相差或者相反如夏龙（Charron）、莫里哀（Molière）、拉方登（La Fontaine）、巴士卡尔（Pascal）、拉卜鲁耶尔（La Bruyère）、孟德斯鸠、卢梭、士当达尔

(Stendhal)、圣佩韦(Sainte Beuve)以及近代许多大思想家、批评家没有一个能够逃出他的窠臼:或模仿他的体裁,或掠取他的词意,或受他的熏陶,或阐发他的思想——我们更不能不愕然了!

像长天、高山、大海和一切深宏隽永的作品一样,蒙田的《论文》所给我们的暗示和显现给我们的面目是变幻无穷的。直到现代,狭隘浅见的蒙田学者犹斤斤于门户之争:有说他是怀疑派的,有说他是享乐派的,有说他是苦行学派的……"让我们跳过这些精微的琐屑罢"(见《论哲学即是学死》一文),如果我们真要享受蒙田的有益的舒适的接触和交易。"我所描画的就是我自己","我自己便是我这部书的题材",这是蒙田对我们的自白。可是因为"每个人都具有整个人类的景况",于是描写他个人的特性和脾气便等于描写全人类的特性和脾气;赤裸裸坦露他灵魂的隐秘便是启示普遍的人生的玄机。又因为"人确是一个不可思议的虚幻、飘忽、多端的动物",于是这部书所呈现的蒙田也便是千变万化的蒙田了。执住他的一端而硬说这是整个的蒙田岂非大谬?

全书极繁夥。这里所译的不及十分之一,并且都是选自第一卷的,就是说,都是他比较早年的作品。即在第一卷中，因为限于时间，许多较长的精彩之作也不得不割爱了。所以这里所代表的，只是蒙田的片面；全部的介绍，只好俟诸异日。

一九三六年五月初译者附志

注释：

1　本文原题《蒙田四百周年生辰纪念》，初刊1933年7月《文学》杂志创刊号。后经修改，收入1936年郑振铎主编的《世界文库》第十二册，放在《蒙田散文选》译文之后，改题《蒙田》。——编者注

2　即《巨人传》。——编者注

致读者

这是部坦白的书，读者。它开端便预告你，我在这里并没有拟定什么目的，除了为我的家人和我自己。我既没有想及对于你的贡献，也没有想及自己的荣誉。我的力量够不上这样的企图。我只想把它留作我亲朋的慰藉：使他们失去了我之后（这是不久就要成为事实的），可以在这里找到我的性格和脾气的痕迹，因而更恳挚更亲切地怀念我。

如果我希求世界的赞赏，我就会用心修饰自己，仔细打扮了才和世界相见。我要人们在这里看见我的平凡、纯朴和天然的生活，无拘束亦无造作：因为我所描画的就是我自己。我的弱点和本相，在公共礼法所容许的范围内，都在这里面尽情披露。

假如我幸而生在那些据说还逍遥于自然原始律法的温甜自由里的国度，我担保必定毫不踌躇地把我整个赤裸裸地描画出来。

所以，读者，我自己就是这部书的题材，断没有为一桩这么琐碎无益的事消磨你的空闲之理。

再会吧。

蒙田一五八〇年三月一日识

论不同的方法可以收同样的效果

当我们冒犯的人手操我们的生死权，可以任意报复的时候，感化他们的最普通的方法自然是投降，以引动他们的怜恤和悲悯。可是相反的方法，勇敢与刚毅，有时也可以收同样的效果。

曾经长期统治我们的吉耶纳[1]（Guienne）的威尔斯太子爱德华（Edward），他的禀赋和遭遇都具有许多显赫的伟大德性的。有一次受了利摩日人（Limousin）很大的冒犯，以武力取其城，肆意屠杀，那些刀斧手下的老百姓及妇人孺子们的号啕、跪拜与哀求都不能令他罢手。直至他走到城中心，遥见三个法国士人毫不畏怯地抵抗那胜利的军队的进攻，对于这意外勇敢的钦羡及尊敬立刻挫折了他那盛怒的锋芒，于是，从这三个人开始，他赦宥了全城的居民。

伊庇鲁斯君王士干特柏格[2]（Scanderberch），追逐他手下一个兵士，要把他杀掉。这兵士用尽种种的哀求与乞怜去平息他的怒气，终于毅然在尽头处手握利剑等他。他的主人见他能够下这么可敬的决心，马上息怒，宽赦了他的罪。那些不认识这太子超凡的英勇与膂力的人或可以对这例子有旁的解释。

康拉德三世[3]（Conrad Ⅲ）皇帝围攻巴威尔的格尔夫公

爵，无论人家献给他怎样卑鄙怯懦的满足都不肯和解，只许那些同公爵一起被围的士大夫的夫人们步行出城，以保存她们的贞节，并且任她们把身上所能随身带走的东西都带出去。她们一个个从容不迫地把她们的丈夫、儿子甚至公爵驮在背上。康拉德皇受她们这种高贵的勇气感动得竟欢喜到哭出来，解除了他对于公爵的怨恨及仇雠，从那时起，以人道对待公爵及其子民。

这两种方法都很容易感动我，因为我的心对于慈悲及怜悯是不可思议地软：软到这般程度，以致我认为恻隐心感动我比尊敬心来得更自然，虽然那些苦行派的哲人把怜悯看作一种恶德，主张我们应该救济苦难的人，却不许我们同情他们。

我觉得上面所举的许多例子真是再好不过，因为我们看见这些灵魂给这两种方法轮流袭击与磨炼，对于一种兀不为动，却屈服于其他一种。我们大概可以这样说：因恻隐而动心的是温柔、驯良和软弱的标志，所以那些天性比较柔弱的如妇人孺子及俗人比较容易受感动。至于那些轻蔑眼泪与哀求，单让步给那由于对勇敢的神圣影像而起尊敬心的，则是一颗倔强不挠的灵魂的标志，崇尚那大丈夫的刚毅气概的。

不过对于比较狭隘的灵魂，钦羡与惊讶亦可以发生同样的效力。试看第比斯的人民（Thébain）：他们控告两个将军逾期不交代他们的职务，勉强赦免了比罗披大（Pélopidas），因为他为控告所屈服，只是祈求和哀诉来救护自己。反之，埃帕米农达（Épaminondas）理直气壮地缕述任内所建立的功绩，傲岸而且骄矜地责备他的百姓，他们不独无心投票，并且高声颂扬这位将军的英勇而散会。

老狄奥尼修斯（Dionysius）经过了长期与极端的困难才攻破瑞史城（Rege），并且俘虏了那坚垒抗拒的守城将菲图（Phyton），一个极高尚的豪杰，决意给他一个惨酷的报复以为戒。他首先对菲图说前一天怎样把他儿子和亲戚溺死，菲图只答说他们比他早快活了一天。然后他又剥去菲图的衣裳，把他交给刽子手，凶残而卑鄙地拖他游街，加以种种暴虐的侮辱。菲图并不丧胆，反而毫不动容地高声追述他那可宝贵的光荣的死因：为了不肯把乡土交给一个暴君的手，同时更把神灵快降的惩罚恐吓暴君。老狄奥尼修斯从他的兵士眼里看出，这败将的放言以及对于他们的领袖与胜利的藐视不独没有激怒他们，反而使他们惊讶于这稀有的英勇而心软而谋叛，差不多要将菲图从卫队手里抢出来，于是下令停止这场酷刑，暗中遣人把他溺死在海里。

人确实是一个不可思议的虚幻、飘忽多端的动物，想在他身上树立一个有恒与划一的意见实在不容易。试看庞培

(Pompeius) 非常怀恨马麦尔丁人 (Mamertins)，可是单为了城内一个公民芝诺 (Zenon) 情愿独自承担全城的罪过，以及替众人受刑的勇敢与豪气而赦免了全城。至于佩鲁贾城，主人面对苏拉 (Sylla) 显出同样的忠勇，却于己于人都一无所获。

更有与我先前所举的例子正好相反的：亚历山大，原是最勇敢同时又非常宽待他的仇敌的人，经过了无数的困难才攻破加沙 (Gaza)，看见守城将贝提 (Betis)。这守城将的勇敢，亚历山大曾在围城的时候亲见他立了许多奇勋，当时虽然见弃于他的军队，武器寸断而且满身鲜血淋漓了，仍旧在马其顿敌人的重围中独自苦战。激于这场胜利的代价过高(因为除了种种的损失外，他自己还身受两伤)，亚历山大对他的敌人说："你将不能如愿而死，贝提！你得要尝尽种种为俘虏而设的痛苦。"贝提对这威吓只答以傲岸的镇定。亚历山大对他的骄傲与刚愎的缄默，气忿忿地说："他曾屈膝过吗？他曾发出哀求的声音没有？无论如何我都要克伏你的缄默，即使我不能从你那里挖出一句话，至少也得要挖出一些呻吟。"于是由忿恨变成狂怒，他下令刺穿贝提的脚跟，把他系在牛车后面，任他四肢礫裂地生生曳死。

是否因为他太习于勇敢，觉得没有什么可惊羡，因而没有什么可宝贵的呢？还是他以为这是他个人特殊的长处，看见别人达到同样的高度不能不生妒忌与嫉恶呢？还是他的暴怒天然猛烈，不容抗拒呢？真的，如果他能抑制他的暴怒，我们相信他夺取第比斯城之役已经这样做了，当时他目睹许多勇士在防御崩溃之后，一个个引颈就刎，不下六千人当中，没有一个肯逃避或乞怜，反而在街上到处找那胜利的敌人碰头，希求得到光荣的死。没有一个为自己的创伤而丧胆，不趁着最后一口气去图报复，用绝望的武器去找寻敌人的死以偿自身之死。可是这英勇的惨剧并不能软化亚历山大的心，整天的悠长也不足以消解他那报复的狂渴。这屠戮直至流尽了最后一滴可流的血才止，只留下三万老弱妇孺及无武器的人作奴隶。

原著第一卷第一章

注释：

1　吉耶纳，法国波尔多地区，13 至 14 世纪由英国人统治。

2　士干特柏格，抵抗土耳其侵略的阿尔巴尼亚英雄，1444 年被拥为君主（Prince）。

3　康拉德三世，1138 年当选为日耳曼帝国皇帝。

论悲哀

我是最能免除这种情感的人。我既不爱它，也不重视它，虽然大家差不多都无异议地另眼看待它。他们把它加在智慧、道德和良心的身上：多古怪笨拙的装饰品！意大利人名之曰“恶意”[1]，实在准确得多，因为那永远是一种有害的愚笨的品质。苦行派的哲学把它当作卑下与怯懦，禁止它的哲人怀有这种情感。

可是传记载埃及王普萨美蒂克（Psammétique Ⅲ）给波斯王冈比斯（Cambisez）大败和俘虏之后，看见被俘虏的女儿穿着婢女的服装汲水，他的朋友无不痛哭悲号，他却默不作声，双眼注视着地下。既而又看见他儿子被拉上断头台，他依然保持着同样的态度。可是一瞥见他的奴仆在俘虏群中被驱逐，就马上乱敲自己的头，显出万分的哀痛来。

这故事可以和最近我们一个亲王[2]的遭遇并提：他从达兰特得到他长兄的死耗，继而又得到他弟弟的死耗（这长兄是全家的倚靠和光荣，弟弟又是阖家的第二希望），他都保持着十分的镇静。几天后一个仆人死去，他反而抑制不住，纵情痛哭呼号，以至见者无不以为只有这最后的摇撼才触着他的命根。事实是：已经充满了悲哀了，最轻微的增添亦可冲破他的容忍的樊篱。我以为同样的解释可以应用于第一个故事，如果我们不知道它的后半段：据道冈比斯问普萨美蒂克为什么他对于亲生儿女的命运兀不为动，却这般经不起他朋友的灾难。他答道，只有这最后的忧伤能用眼泪发泄出来，起初两个是超出表现的力量以上的。

关于这层，我偶然想起一个古代画家的作品：他画依菲格妮亚（Iphigenia）的牺牲，要依照在场的人对于这无罪的美女的关系深浅来表现各人的哀感。当他画到死者的父亲时，已经用尽他的艺术的最后法宝了，只画他掩着脸，仿佛没有什么形态能够表示这哀感的程度似的。为了同样的缘故，诗人们描写那相继丧失七男七女的母亲尼俄伯[3]（Niobé），想象她化为顽石，

给悲痛所凝结（奥维德　Ovide）

来形容那使我们失掉一切感觉的黯淡和喑哑的昏迷，当我们经不起过量的打击的时候。

真的，痛楚的效力到了极点，必定使我们的灵魂仓皇失措，行动不得自由。当我们骤然得到一个噩耗的警告时，我们感到周身麻木、瘫软以及举动都被缚束似的，直至我们的灵魂融作眼泪与恸哭之后，才仿佛把自己排解及释放，觉得

轻松与自在：

直至声音从悲哀中冲出一条路。（维吉尔 Virgile）

费迪南王（Ferdinand Ier）在布达与匈牙利王的孀后作战，德国的拉衣思厄（Raiscïac）将军看见从战场上抬回来一个骑士，这骑士大家都亲眼看见他在阵上显出异常的勇武，将军跟着大众为他叹息，同大众一起要认出他是谁。等到脱掉他的盔甲的时候，却发现是自己的儿子，在震天动地的哭声中，他独自不声不响兀立着，定睛凝望着那尸首，直到极量的悲哀冰冻他生命的血液，使他僵死在地上。

说得出热度的火
必定是极柔弱的火（彼特拉克 Pétraque）

在恋爱中的人们这样说，来摹写一种不可忍受的热情：

梨司比呵，爱情
已勾夺了我的心魂：
我才瞥见你，

便惊慌，不能成声。
我舌儿麻木，
微火流通我全身；
我双耳失聪，
双眼亦灭掉光明。（卡图卢斯　Catulle）

而且，在过度的猛烈与焚烧着的热情里，亦不适于抒发我们的哀怨与悦服。那时候的灵魂给深沉的思想所禁压，身体也给爱情弄得颓唐和憔悴。所以有时使产生那突然袭击情人们的无端的晕眩，在极端的热烈和享乐最深的当儿，这种冰冷沁入他们的肌骨。一切容人寻味及消化的情感都不过是平庸的情感：

小哀喋喋，大哀默默（塞内卡　Sénèque）

意外欢欣的惊讶亦可以产生同样令人若失的效力：

从渐渐走近的特洛伊人丛中，
她瞥见我：温热脱离她的身；
她惊惶、木立、昏倒在地上，

良久才吐出她原来的声音。（维吉尔）

除了那罗马妇人因为看见她儿子从甘纳路上归来喜出望外而死，除了梭福奇勒及僭主小狄奥尼修斯两个都因乐极而死，除了达尔华（Talva）在科西嘉岛读着罗马参议院赐给他的荣爵的喜报死去之外，我们这世纪有教皇利奥十世（Léon X），得到他所日夜悬望的攻下米兰城的消息，由狂喜而发烧而丧命。如果要用一个比较尊贵的榜样来证明人类的愚蠢，那么，有古人记载下来的哲学家狄奥多罗斯（Diodorus Cronus），因为不能在他的学院里当众解答对手的难题，马上由羞耻以至发狂而死去。

我是很少受制于这种强烈的情感的。我的感觉生来就迟钝，理性更使它一天一天凝固起来了。

原著第一卷第二章

论说谎

再没有人比我更不宜于夸他的记忆了，因为我几乎找不着它一些痕迹，我亦不信世界上还有人的记忆这么惊人地坏。我的其他禀赋都庸碌平凡，可是在这一点上，我以为我是非凡而且稀有，值得因此享受一种声誉。

除了我所感受的天然的不便利而外（真的，柏拉图深感记忆的需要，很合理地称它为伟大而有力的女神），在我的家乡，要说一个人糊涂的时候，他们说他没有记性。每逢我对人投诉我这弱点，他们便讥笑我，而且无论怎样都不相信我，仿佛我在说自己是疯子似的，在他们心目中，记忆与智慧绝对是一回事。

这样使我更吃亏。可是他们确实错怪了我，因为经验证明，一个极好的记忆往往反配上一个衰弱的判断力。他们错怪我的还有一点，那就是除了做朋友外，我什么都不行，所以责备我的弱点就等于说我忘恩负义。他们因我的记忆而怀疑我的感情，把天然的缺憾当作良心上的弱点。他们说，他忘记了这个委托或这个许诺；他全不想念他的朋友；他忘记为了爱我应该这样说、这样做，或这样隐瞒。无疑地，我很健忘，但是因不关心而忽略朋友托我做的事，那可不是我的本性。愿大家宽容我的不幸，别把这不幸当作恶意，尤其是一种与我的脾性绝对相反的恶意!

我也有我的慰藉。第一，因为这毛病帮我纠正一个很易犯的更坏的毛病，就是野心。因为对于一个要包揽世事的人，缺乏记忆力真是一个难堪的弱点。

自然界进步的一些类似例子告诉我们：自然往往加强我们别的禀赋，以补救某种禀赋的薄弱。假如受了记忆的恩惠，别人的创见与意旨时时刻刻在我心里，我的理智与判断力将不能尽量发挥它们自己的才干，却很容易像大多数人一般，被引导去懒懒慢慢地追随别人的足迹。

我的话因而较简短，因为记忆的货仓比较创见的货仓容易充塞着物品。如果我的记忆对我忠实的话，我就会喋喋不休地震破我朋友们的耳鼓，因为种种事物都会惹起我这小小才干去把它们运用挥使，引动及激发我的雄辩。那是多么可哀！我亲眼见有几个朋友就是这样，因为记忆把题材原原本本地供给他们，他们把故事往后追溯得那么远，又附上了如许的无谓枝节。如果这故事是好的，把它的好处全窒死了。假如不好，你就不知应该要诅咒他们幸而有这么强的记忆，还是不幸而有那么可怜的判断力。一上了高谈阔论的大路之后，要停止及截断是很难的事。再没有什么比较那骤然止步更显得马的力量了。

甚至那些说话切题的人当中，我也见过有好些虽然想在半路骤然停止，却无法做到。他们一壁在脑袋里搜寻一个停步点，一壁却喃喃个不休，和一个快要昏倒的人曳着他的脚步一样。老头子尤其危险，他们对于过去的记忆还在，却忘记了他们已复说了多少遍。我知道有好些很趣致的故事在某爵爷的口里变成了讨厌，因为我们当中没有一个不被这些故事灌注过一百次的。

第二，我缺少记忆给我的安慰是，正如一个古人所说的：我容易忘记别人的侮辱。否则，我需要一本备忘录，像大流士（Darius Ier）那样，为要不忘记从雅典人手里所受的耻辱，教一个仆人每当他吃饭的时候，向他耳边唱三声，"主呵，勿忘雅典人!"而另一方面，我重见的地方与书籍永远带着一种新鲜的颜色向我微笑。

记忆不强的人切勿学人撒谎，这话说得真有理。我知道那些文字学家把"说假"与"撒谎"分开：说假是说一件假的事，而说者信以为真。至于撒谎在拉丁文（也就是我们法文的本源）的定义，却是瞒住良心说话，因此只应用于那些言与心违的人，也就是我现在所想论及的。

这种人或虚构整件事，连枝带叶，或改变及粉饰那原有真实基础的事物。那些改变或粉饰的，如果要他们常常复述同一件事，就很难不露马脚，因为那真实的事情先进入他们的记忆里，由知识与认识的媒介印在上面，自然地显现在我们的想象，驱逐那立足没有那么稳固的虚构。而原来所听到的各种详细情形也三番四复地窃进脑海里，把添上去的假冒而且模糊的枝节消灭。

至于那些完全虚构的，既没有相反的印象摇动他们的虚假，似乎就没有那么容易被人觑破了。但也不尽然，因为那是一个无实质的虚体，如果抽根未牢，就易于被记忆所遗漏。关于这层，我有过许多有趣的经验，那些老是根据事业利益或顺从大人物颜色而措词的人，总要吃亏的。因为支配他们的信义及良心的种种情景，既要经过许多变动，他们的话自然也不能不随时转移。于是同一桩事，他们今天说灰，明天说黄；对这些人说这样，对那些人说那样。如果这些人偶然把他们所得的矛盾的消息像赃物般合拢在一块，这巧妙的伎俩又如何结果呢？况且稍不在意，他们便自己打嘴巴，因为有什么记忆容得住他们对于每件事所捏造的形形式式呢？我看见与我同时代的一些人，苦苦追求这种机巧的声誉，他们不知道即使得了声誉，效果却不可得。

说谎确实是一个可诅咒的恶习。我们所以为人，人与人所以能团结，全仗语言。如果我们认识说谎的遗害与严重，我们会追捕它，用火烧它，比对付什么罪过都更不为过。

我觉得人们往往白费工夫，极无谓地惩罚小孩子天真的小过，为了一些不会留下痕迹和影响的无意识举动折磨他们。据我的私见，只有说诳，其次便是刚愎，我们应该极力歼灭它们的萌芽与滋长。它们随着小孩子长大，舌端一度向这方面伸展之后，你会觉得奇怪，任你如何也不能把它拉转来。所以我们常见许多在其他方面本来很诚实的人，仍不免屈服及受制于这恶习。我认识一个品性很好的成衣匠，从未听他说过半句真话，即使对他自己有利。

倘若像真理一般，虚妄只有一副面孔，我们还好办，因为我们会把惯于说诳的人所告诉我们的反面当真实。可是这真实的背面却有千万副面孔和无限制的范围。

毕达哥拉斯（Pythagore）以为善是确定的、有限的；恶是无限的、无标准的。千百条路引我们乖离，只有一条路引导我们达到目的。我确实不敢断定，为了从一个明显而且极端的危险脱身，我不会撒一个不要脸和正经八百的诳。

一个古代的神父[1]说，我们和一只相识的狗做伴，比和一个言语不通的人好。"所以对于人，一个生客不能算人。"（老普林尼 Pline）虚伪的语言比缄默更难打交道哩！

弗朗索瓦一世（François Ier）尝自夸用这种方法难倒达

韦尔纳（Taverna），他是米兰公爵斯福扎（Sforz）的公使，一个著名的善于辞令的人。达韦尔纳受了他主人的使命向国王陛下致歉，为了一件很重要的事。这件事就是：弗朗索瓦一世新近被逐出意大利，想同那里，尤其是米兰的公爵通消息，觉得应该有一个人在公爵的宫廷代表他，实际是公使，表面却是一个私人，只在那里经营个人的私事。可是米兰公爵要倚靠日耳曼皇帝多些（尤其是他那时正与皇帝的侄女、丹麦王的女儿、现在是洛林的孀妇议婚），如果被人知道跟我们有往来和通消息，对于他的事必定有很大阻碍。找到适宜负此使命的是一个名叫弥尔韦（Merveille）的米兰人，国王的御马司。他带了秘密国书和公使训令，表面更带了许多为他私事的介绍信去见公爵。他逗留在公爵的宫廷太久了，日耳曼皇帝终于微有所闻。我们相信就为了这缘故而发生了以后的一件事：公爵布下暗杀假相，使人在夜里杀了他，而案件前后两日便告完结。

达韦尔纳带了一份捏造的关于这案件的详细说明书来到(因为弗朗索瓦一世写信给公爵及所有基督教国家的国王，要求完满的答复)，准备在国王早朝时宣读。为了辩护案情，他很伶俐地提出几个似是而非的事实解释：他说他的主人自始至终只把我们的钦差当作百姓及私人，这人到米兰完全为私事，并且从未因别的任务在那里逗留，他否认知道这人是国王的下属或国王认识他，自然更不知道是公使了。于是弗朗索瓦一世从各方面用种种疑问及反驳盘诘他，终于在“为什么在夜里，而且，简直可以说是秘密行刑”一点上使他语塞。这可怜的人仓猝间不得不说实话，答道，为了对陛下的恭敬，如果在白天行刑，公爵会觉得面子上过不去。我们可以想象他怎样露出马脚，在弗朗索瓦一世这样的敏感鼻子面前被绊倒的情形。

教皇尤利乌斯二世（Jules Ⅱ）遣了一个公使去谒见英王，鼓动他反对法国国王。那公使把他的使命说完之后，英王在回答的话中特别注重关于准备与一个这么强有力的王作战的种种困难，列举了几个理由。公使很不知趣地回答他也曾想及这些理由，并且对教皇提过。这些话与他为鼓动战争而来的原来目的相去那么远，英王马上猜出这公使私下里必定是倾向法国的。他的主人得知这消息之后，他的财产被充公，他自己仅以身免。

原著第一卷第九章

注释：

1　一个古代的神父，圣奥古斯丁（St. Augustin）。

论恐怖

我悚然木立，我的发儿直竖，我的舌儿凝结。（维吉尔）

我不是一个好的自然科学家（如他们所称的），而且不知道恐怖由什么机件在我们里面动作，不过那是一种奇异的情感却是真的。医生们说再没有什么更容易使我们的理性失掉均衡的了。我的确见过许多人因恐怖而发狂，即使对于最清醒的头脑，当它的余威还在的时候，亦不免发生种种可怕的昏迷。不用提那些俗人，对于他们，恐怖时而现身于他们的祖宗，裹着殓衣从墓里出来，时而现身于人狼、妖魅和精怪。就是在兵士们当中，它应该占很少地位的了，不也常常把一群绵羊变为一队甲兵，把芦苇与茅草变为枪手与武士，把朋友变为敌人，把白十字架变为红十字架[1]么？

波旁公爵（Bourbon）攻占罗马的时候，一个旗手在圣彼得镇站岗，警钟一响，便被那么厉害的惊恐抓住，马上从荒墟的一个墙孔跳出城外，手执着旗，望敌人跑去，自以为走向城心，直到看见波旁公爵的军队误以为城内出击，纷纷齐集来抵抗他，他猛然醒过来，翻身从刚才的墙孔跳回城里，才知道已经走离城三百步的地方去了。朱仪（Juille）将军的旗手可没有那么运气，当普而斯（Bures）侯爵和勒（Reu）大夫向我们攻取圣保罗城之役，因为惑于恐怖，他连旗带人从一个枪眼跳出城外，被敌军斩成碎片。同一次战争，同样令人不能忘怀的，就是恐怖那么剧烈地抓住、束缚和冰冻一个绅士的心，他竟僵死在阵地上，一点儿伤痕也没有。

同样的恐怖有时抓住整个群众。在日尔曼尼古斯[2]（Germanicus）与德国人许多场大小战斗中，有一次两大队兵士因恐怖而往相反的方面奔跑，甲队竟从乙队刚才拔营的地方逃遁。

有时恐怖把翅膀添在我们的踝胫上，如上述最先的两个例子。有时却钉镣着我们的脚，如我们所知道的关于提阿菲尔（Théophile）皇帝的故事。据说他给亚格连人打败的时候，惊愕和瘫软到简直不能下决心逃走："怕到连逃命的方法也怕起来！"（库尔提乌斯）直至他军中的一个统领曼奴尔（Manuel）把他仿佛从酣睡中摇醒来，拖着他说："如果你不跟我来，我就杀你，因为你丧失生命总比你被俘虏而丧失国土为妙。"

最见得出恐怖的力量的，就是当我们受它的影响被迫去建立那连我们的天职和荣誉都拒绝不了的奇勋。罗马人在显普洛尼乌斯（Sempronius）的统率下第一次败于汉尼拔（Hannibal）的一场大战，足足有一万步兵挟于恐怖，又找不着怯懦的出路，逼得投身敌人丛中，带着异常的英勇突进重围，杀死大批迦太基人，用显赫的胜利的同样代价，买来一场可耻的败北。

我最害怕的就是恐怖，它的锋锐超过了一切情操。当年庞培的朋友们在船上亲眼看见这场屠戮，还有什么比他们所感到的怆痛更厉害更合理的呢？可是对于渐渐逼近的埃及船的恐怖把这情感窒塞到那个地步，据说他们只顾催促船夫赶快尽力摇橹，以逃出危险，直至抵达梯尔城（Tyr），解脱掉恐怖了，才有工夫回想刚才的损失，放纵一度给更强烈的情感所勒住的哀哭与酸泪。

恐怖把智慧从我的内心里赶走了。（西塞罗）

那些在阵上受伤的人，即使还鲜血淋漓，你明天便可以把他们带到战场上作战。可是畏怯敌人的人，你单想要他们面向敌人也做不到。多少人因为怕被放逐、奴役，或没收财产，长期活在悲楚中，以致饮食睡眠的嗜欲尽失。反之，穷人、流犯及奴隶，却往往和常人一样快乐地生活。无数人因为受不了恐惧的刺激而投河、自缢或跳崖，更可以证实恐惧比死更烦扰、更难受了。

希腊人分辨出另一种恐怖，他们说并非由于我们理性的迷惑，而是来自上天的意旨，虽然表面上并无缘故。往往全城或全军骤然为恐怖攫住。那把迦太基城弄成废墟的就是这样：空中只闻号啕和震惊的声音，居民像听见警钟似地从屋里跑出来，互相蹂躏、践踏、残杀，与敌人来占据城池无异。什么都成为喧扰和杂乱，直至他们以祈祷和祭祀，平息神明的暴怒为止。他们叫这做“虚惊”。

原著第一卷第十八章

注释：

1 中世纪宗教战争时期，法国天主教徒以白十字架为号，新教徒以红十字架为号。

2 日尔曼尼古斯，恺撒外号，因曾大败日耳曼人。

论死后才能断定我们的幸福

但是，呀！谁敢，当生命的末日来临，
或死和丧礼把我们的荣名定谳，
谁敢称谁幸运？（奥维德）

每个学童都知道这个关于克洛伊索斯（Crésus）王的故事：他被居鲁士二世俘虏和判处死刑。临刑的时候，他喊道："啊，梭伦（Solon），梭伦！"居鲁士二世听到这话，究诘他什么意思。他解释道，他不幸而证实了从前梭伦给他的警告：一个人，无论命运怎样笑颜相向，非等到生命的末日过去不能称为幸福。为的是人事变幻无常，只要轻轻一动，便可以面目全非，前后迥异。所以阿格西劳斯二世（Agesilas Ⅱ）回答那些欣羡波斯王那么年轻便大权在握的人道："不错，但是普里阿摩斯（Priam）在这样的年纪命运亦不恶。"我们可以看见马其顿的国王[1]，那伟大的亚历山大的后裔，变为罗马的木匠或书记官；西西里的僭主[2]变为科林斯的教师；一个统率大兵征服了半个世界的霸主[3]，变为埃及王的废物般的将校们的乞怜者，这便是那伟大的庞培付出的代价，只换取到延长五六个月的生命！

我们父亲在生之日，洛多维科·斯福扎（Ludovico Sforza）是米兰的第十代公爵，曾经威震全意大利多时，最后囚死于罗克（Loches）城，而且死前还要在狱中活十年，那才是他一生中最倒霉的日子。最美丽的皇后[4]，基督教中最伟大的国王的孀妇，可不是刚死于刽子手的刀下么？这样的例子何止千百个？因为，正如狂风暴雨怒殛我们的高楼的骄矜和傲岸，似乎上天亦有神灵嫉恶这下界的显赫：

唉！毫无怜恤的那冥冥的权威
把人事玩弄和摧毁，一样地踹碎
元老的赫赫的杖和凶暴的椎。（卢克莱修）

似乎命运有意窥伺我们生命的末日，把它积年累月建就的一旦推翻，以表示它的权威而使我们跟着拉比利乌斯叫道：

为什么我要多活这一天！

我们可以把梭伦的格言这样看法：他不过是一位哲学家，命运的宠辱于他本无所谓幸与不幸，显赫和权力亦不过是道德的偶然附属品，无足轻重。我猜想他瞩目必定较远，意思是指我们生命的幸福，既然要倚赖一个禀赋优良的心灵的知足与宁静，和一颗秩序井然的灵魂的坚决与镇定，不宜诉诸任何人，除非我们已经看见他表演最后的也是最难的一幕。其余都有装腔作势的可能。或者这连篇累牍的哲理的名言也只是一副面具，或者厄运并不曾探触到我们的要害，因而让我们有保持我们那副宁静的面孔的工夫。但是在这最后一幕，死亡和我们同台，也就不能再有所掩饰，我们要说真话，要把坛底所有良好的及清白的通通摆出来。

> 于是至诚的声音从心底溅射出来；
> 面具卸了，真态毕露。（卢克莱修）

所以我们毕生的行为应该受我们最后这一口气的检验和点化，那是首要的日子，是其余的日子的审判官。正如一位古人说的，是审判我们一切过去时光的日子（塞内卡）。我把我研究的果实交给死亡去检验。那时候才清楚我的话从口出还是从心出。

我看见好些人由他们的死而获得终身的荣誉或臭名。西庇奥（Scipio）是庞培的岳父，临死把毕生的恶名完全掩掉。

人家问埃帕米农达三人中最看重哪一位，卡布里亚斯(Chabrias)、伊非克拉特（Iphicrates）还是他，他答道："要看我们死去才能决定。"真的，如果我们评价这个人不把他死时的光荣与伟大计算进去，必定把他的价值抹煞掉不少。

上帝照他的意旨作主，但与我同时代有三个人，我所认识的对于生命无论什么罪孽都是最卑鄙最可咒骂的人，他们皆得善终，而且事事都安排得极周到。

有许多死亡勇敢而且幸运。我曾经看见死亡把一个人的非常出色的进步线在最红的当儿剪断，他的末日是那么绚烂。据我的私见，死者的野心和勇敢再不能企求什么比这中断点更高的了。他用不着走路便达到他想到达的目的，比他所想望、所希冀的都更光荣、更显赫。由于他的凋落，他提前取得了他毕生所企求的权力与荣名。

我评判他人的生命时，常常体察他死时怎样举动。至于研究我自己生命的一个主要目的，便是希望我可得以善终，就是说，安然而且无声无息。

原著第一卷第十九章

注释：

1 马其顿的国王指柏尔修斯（Persée，前212—前165），马其顿最后一个国王，被罗马人俘虏带回意大利，他的儿子后来任书记之职。

2 公元前344年小狄奥尼修斯被希腊人推翻，被带至科林斯(Corinth)后，曾以讲授哲学为生。

3 征服了半个世界的霸主指庞培，他与恺撒争权失败后，出亡埃及，为埃及王所逮。埃及王为讨好恺撒，呈上他的头颅。

4 最美丽的皇后指苏格兰女王玛丽·斯图亚特（Marie Ire Stuart，1542—1567），信奉旧教，因谋夺英格兰王位，被伊丽莎白一世处死。

论哲学即是学死

西塞罗说哲学不是别的，只是准备死。这大概是因为潜究和沉思往往把我们的灵魂引到外面，使它离开躯壳活动，那就等于死的练习或类似死。或者因为世界上一切理性及智慧无非凑合在这一点上，教我们不怕死。真的，理性如果不是嘲讽我们，便是单以我们的快乐为目的，总之它的工作不外乎要我们得到安乐和自在地活着，正如《圣经》所说那样。世界上一切意见尽在此：快乐是我们的目的，虽然方法各有不同。否则，它们一出现便会被人赶走，因为谁肯听信那把痛苦与悲哀当作我们的目标的人呢？

对于这点，各派哲学家的分歧只是字面之争。"让我们跳过这些精微的琐屑罢。"（塞内卡）这刚愎及吵闹实在和一个这么高贵的职业有几分配不上。无论一个人想扮演什么角色，他总要把自己的本色掺进去。无论他们怎样说，我们的最终目的，即使在道德亦是快乐。我常常喜欢用这个字，他们觉得最逆耳，震荡着他们的耳鼓。如果它含有极端的欢快或超常的欣悦的意义，那它借重于道德的助力比什么都多。这快乐，正因为更康健、更强劲、更粗壮、更男性，因而更切实地畅适。我们应该称道德为快乐，因为这个叫法比较温柔、敦厚、自然得多，而不是我们现在用以称呼它的"力行”。至于其他一种比较低下的快乐——如果它当得起这美名——实在由于竞争而非由于权利，我觉得比起道德，它没有那么能够超脱一切拂意和烦扰。除了它的滋味比较短暂和微弱而外，它有它的不眠、禁食、劳苦和血汗，尤其是它那尖锐的欲望层出不穷，跟着来的又是那重浊的饱饫，真是差不多等于修行。

我们会大错特错，倘若我们把这种种不方便当作调剂美味的辛辣和配菜，如自然界中性质相反的事物往往互相激励那样。或者倘若我们说道德亦一样受这种种的结果和困难所淹没，以至于冷酷不可亲近。殊不知就道德而言，和逸乐比对起来，这种种更能超拔、磨砺以及增进道德给我们的神圣完美的快乐。那些把它的代价和效果放到天平去称的人，那些不知道它的妙处和用途的人，实在不配认识它。有人教我们说，追寻快乐如何艰苦，享用如何舒适，他们的用意究竟何在，还不是说快乐永远是苦事？因为人类曾经以任何方法达到过快乐的享受吗？最贤德的人亦不过以企慕及接近而自足，却并未到手。可是他们错了，因为我们所认识的各种快乐，单是追求的自身便够适意。追求本身散发出被追求目标的香味，因为那是结果的一大部分，而且同一质地。在道德里照耀的福乐，充满了它的通衢与小巷，直至那最初的进口和最偏的边界。

而道德赐给我们的最大祝福便是轻视死。这方法使我们的生命得到一种温柔的清静，使我们感到它的甘美与纯洁的滋味，没有这一点，其他一切快乐全熄灭，所以一切学派皆辐辏和契合到这一点上。虽然异口同声教我们怎样蔑视痛苦、贫穷，以及其他人类生命所容易感受的种种灾难，可是说得没有那么详尽周到，为的是这些苦难并非那么必然（有些人毕生不曾尝过贫穷的味儿，有些完全不知痛苦与疾病，譬如音乐家色诺菲路斯（Xenophilus）就无病无痛地活足一百零六岁）。也因为万不得已的时候，如果我们愿意，死还可以截断一切别的不便，全部了结。至于死亡呢？却是不可避免的：

> 我们都被赶到同一的终点。
> 迟或早，我们的签从摇动的筒
> 跳出来，于是那无情的死船
> 便把我们渡到永久的冥间。（贺拉斯）

为了这个缘故，如果我们怕死亡，我们将时时刻刻感受那无从抚慰的烦恼，四面八方它都可以来。我们尽管频频左顾右盼如在一个可猜疑的地方，“像坦塔洛斯（Tantale）[1]的巨石，它老是悬在我们的头上”（西塞罗）。我们的法庭把罪人送到犯罪的地方去受刑，在路上，任你把他们带去游览最宏丽的宫室，享他们以美味珍馐：

西西里的香肉
对于他们将淡然无味，
琴声与鸟歌
也不能再催他们酣睡。（贺拉斯）

你以为他们能受用么？他们旅程的最终目的地，不断地摆在眼前，能够不使他们觉得这种种娱乐变味和臭腐么？

他一壁倾听，一壁趱程，
一步步细量他的光阴，
他的生命将与路途同尽：
这未来的厄运捣碎他的心。（克劳狄安　Claudien）

死是我们旅程的终点，是我们目标的必然对象，如果它使我们害怕，我们能够走动一步而不致发烧吗？俗人的救治法便是不去想它。但是这种粗劣的盲目，究竟从什么鲁莽的愚笨产生呢？他们得要把缰辔加在他们的骡尾上才好：

他的头向前，他却想往后走。（卢克莱修）

无怪乎他们往往跌入陷阱了。你只要一提到死字，一般人便惊恐失色，赶紧在胸前划十字架，和提起魔鬼一样。又因为遗嘱里不能不提到死字，在医生未宣告最后的判词以前，你别想他们肯动手。于是只有上帝知道，当他们呻吟于痛苦与恐怖之间，用多么清明的判断力来调制这遗嘱！

因为这字的缀音震荡他们的耳鼓太厉害，又因为它的腔调似乎不祥，罗马人学会了把它调和或展为俪词。他们用“他不活了，他活过了”来替代“他死了”。只要是活，哪怕是过去了的，也便足以自慰。我们在“先师约翰”这一类的套语里亦借用同样的见解。

或者正如俗语所谓“期限值金钱”吧。我生于一千五百三十三年二月末日，根据现在的历数[2]，每年从正月起。恰好十五天前我度过三十九。我至少还要再活上此数，预先为这么遥远的事操心，岂不是大愚？但是，怎么！老与少抛弃这生命的情景都是一样的。没有谁离开它时不正如他刚才走进去一样。何况无论怎样老朽，只要一天有玛土撒拉（Mathusalem）的榜样在眼前，没有谁不以为他的生命册上还有二十年？而且，可怜的愚夫，谁给你的生命定一个期限呢？根据医生的计算么？不如看看事实与经验吧。依照事物的常轨，你久已由非常的恩惠而一直活下来了。你已经超过了生命的普通期限了。既然如此，试算一算你相识的人中，未到你的年纪就死去的，比那达到此数才死的多了多少。又试把那些立功成名的人列为一表，我敢打赌，三十五岁以下死的占多数。以基督凡身作例子当然是虔敬而且合理了，而基督的寿命终于三十三年。那最伟大的人，干脆只是人，亚历山大，亦死于此数。

> 死袭击我们的方式何止一端？
> 没有凡夫能够预防
> 那时刻可临的灾殃。（贺拉斯）

姑且不提寒热症及胸膜炎，谁能想到一个布列塔尼公爵会被人压毙，像那个当我的同乡克里芒教皇（Clement Ⅴ）进入里昂时被挤死的公爵[3]呢？你不曾看见我们一位国王[4]游戏时被人杀死么？他的一个祖先[5]不是给猪撞死么？埃斯库罗斯（Eschyle）徒然站在空旷地，以避免那预言他要死于危檐之下的恐吓，看他竟因此被那从飞在空中的鹰爪掉下来的龟壳殛毙！另一个死于葡萄核[6]；一个皇帝梳头的时候因抓伤而死；雷比达（Emily Lepidus）因为脚触着门槛而死；奥菲狄乌（Aufidius）进议会时撞门而死；在女人的股间断气的有民政官哥尔尼里·加路（Cornelius Gallus），有罗马的卫队长梯支连（Tigillinus），有贡沙格的儿子卢多韦（Ludovic）和曼都尔（Mantoue）的侯爵。而更坏的榜样，有柏拉图哲学的信徒斯彪西波（Speusippe）和我们的一个教皇[7]。那可怜的法官卑比乌（Bebius）刚才判给一个犯人再活八天的期限，他随即被捕，自己的生命期限已完了！医士加以乌·朱利乌（Caius Julius）正在以油涂抹一个病人的眼，死已把他自己的眼给闭上了！如果要把我自己也算进去的话，那么，我的一位兄弟[8]，圣马尔丁队长，二十三岁时已经建了不少的功勋，有一天打绒球，给一个球打中右耳上方，既无伤痕亦无瘀迹，他不坐下，亦不休憩，可是五六个钟点以后，他竟为了这一打击而中风死去。这些如此平凡的例子频频在我们眼前经过，我们怎么能够放下死的念头，而且不时时刻刻想象它抓住我们的咽喉呢？

或者你会说，只要我们不遭苦恼，何必理它怎样来的？

我也是这样想法：无论什么方法可以用来抵抗打击，即使是躲在牛皮之下，我也不会轻视的。因为只要我能够安安乐乐度过一生就够了，我选取那最利于我的游戏，无论你觉得它怎样不显赫和不像样。

我宁可貌似痴愚，
只要我的谬误
使我欢乐或陶醉；
也不愿为贤为智
而忧愁悲凄。（贺拉斯）

可是想这样达到目的实在是痴愚。他们去，他们来，他们跑，他们跳，对于死则全不提及。这自然很好。不过当死亡来的时候，或光临他自己，或光临妻子、儿女和朋友，出其不意，攻其无备，他们又怎样的哀痛绝望，捶胸顿足呢！你可曾见过如此沮丧，如此改变，如此昏乱的么？我们宜及早预防，至于那种牲畜对死的浑噩，纵使寄居在一个清醒的人的头里（这自然是完全不可能），要我们付出的价钱未免太昂了。如果是可以避免的敌人，我劝人借用怯懦的武器。无奈死是不可避免的，无论你是亡命的懦夫还是勇士，它一样要捉到你。

死带着同样轻捷的脚步
去追逐亡命之徒，
亦不爱惜他们的腰和背——
那抱头鼠窜的懦夫。（贺拉斯）

既然又没有什么坚固的甲铠可以保护你，

任你怎样周密地戴钢与披铜，
死亦将从你的盔里把头颅拔去。

（普罗佩提乌斯 Properce）

让我们学习站稳马步去抵抗它，和它奋斗吧！而且，为要先减除它对于我们的最大的优势，让我们取那与常人相反的途径吧！让我们除掉它那怪异的面孔，常常和他亲近及熟识，心目中有它比什么都多吧！让我们时时刻刻把死的各种形式摆在我们的想象面前吧！或在马匹的巅蹶，或在瓦片的倾坠，或在一颗针最轻微的戳刺，让我们立刻反省：“好！即使是死又怎样呢？”于是挺直我们的身子，绷紧张我们的筋肉吧！在喜庆与盛宴中，让我们翻来覆去地高唱这句和歌，以提醒我们的景况，让我们不要任欢乐冲没我们，以致忘记了我们的欢乐往往只是死的目标，常常受它的威胁。埃及人就这样做：他们在宴会中，在热闹达到最高点的当儿，忽命把一具解剖的尸体抬进来，对宾客作一种警告。

每天都想象这是你最后的一天，
你不盼望的明天将越显得可欢恋。（贺拉斯）

死说不定在什么地方等候我们，让我们到处都等候它吧。预见死即预见自由。谁学会怎样去死，谁便忘记怎样去做奴隶。认识死的方法可以解除我们一切奴役与束缚。对于那彻悟了丧失生命并不是灾害的人，生命便没有什么灾害。那可怜的马其顿王被保罗·埃密利（Paul Émile）所俘虏，遣使去哀求不要在凯旋班师的行旅中把他带去。保罗·埃密利答道："让他对自己哀求吧。"

真的，无论什么东西，如果自然不稍加援助，手段与技巧很难进展。我天性并非忧郁，只是好梦想。从没有什么东西比死更常常占据我的想象的，即使在我年龄最放荡的时候。

当我的韶年滚着它的娱乐的春天。（卡图卢斯）

在闺秀群中，或在嬉游的时候，许多人以为我的灵魂忙于消化某种妒忌或某种没有把握的希望。实际上我正沉思着，几天前某人骤然给热病和末日所袭击，当时他离开一个同样的盛筵归去，头脑亦和我的一般充满着空想、爱情和良辰，于是我想起我亦在同样危险的状况中。

时光一霎便流去了，
任你如何都叫不回来。（卢克莱修）

这思想并不比别的更能使我皱眉头。开首自然不能不受这些想象的戳刺。不过把它们在我们的头脑里翻来覆去，终究会变得惯熟是无疑的。要不然像我这样的人就会永远在恐怖与狂惑中，因为再没有人比我更不信任生命，没有人比我把它看得更短促的。我一向（除了极少数的间歇）享受的强壮健康既不能延长我的希望，疾病亦不能截短我的希望。我时刻都以为是我最后的一刻，这就是我的无间歇的和歌："改天可以发生的事，今天就可以发生。"真的，机会和危险并不把我们和末日拉近多少。如果我们想想，除了这个意外，还有几千万的意外悬在我们的头上，且别提那些恐吓得我们最厉害的灾祸，我们发现无论是健康或发烧，在海上或在屋里，在和平或在战争中，死亡都是一样地接近我们，“没有谁比谁柔脆，也没有谁能够确定他的明天”（塞内卡）。

要完成我未死前应做的事，即使是一个钟头的工作，最悠长的光阴我也觉得太短。前几天有人翻出我的日记，找到一张记载我死后所想完成的事。我把实情告诉他，那时我离家大约一里路，身体强壮而健全，就在那个地方急忙写下来，为的是我不能担保可以安然到家。我这个人总是不断地孵育自己的思想，然后把它们藏到心里。我差不多时刻都将我所做得到的收拾停当。死的意外莅临便不能教给我什么新鲜的东西。

我们要在我们能力范围内穿着靴儿准备趱程，我们尤其要留神身后除了自己，与任何人都无涉。

不终朝的蜉蝣，
何必孜孜图谋？（贺拉斯）

因为用不着再添上什么我们也够忙的了。有人哀悼叹，并不是因为他要死，却因为死打断他那美好的胜利前程；另一个因为女儿未嫁，或未把儿子教育安排妥当之前便要离开。这个惋惜他要失去妻子相伴，那个他儿子的偎傍，他们把这些当作人生的主要乐趣。

我目前在这样的一个境地，多谢上帝，无论他什么时候高兴，我都可以离开，没有丝毫的怨艾，除了为生命，假如丧失生命的预期偶然压抑我的话。我四处都分清轇轕，我对人人，除了自己，通通预先告辞了一半。从来没有人准备抛弃这世界和斩断一切关系，比起我所计划履行的更充分、更坚决。最死的死是最健全的死。

“哀哉哀哉！”他们说，“一刻的舛运
便剥夺了我毕生聚敛的宝财。”（卢克莱修）

建筑家说：

工程中断了，高耸入云的筑台
空留下来无人理会。（维吉尔）

一个人不应该计划那太长远的事业，或者最低限度不要带太操切的心意去盼望它完成。我们生来是为要做事：

愿死在我工作当中莅临。(奥维德)

我赞成我们应该尽力去把生命的功能延长，并且希望死在我种菜的当儿找着我，不过我要对它漠不关心，尤其是对我的菜园地之完成与否漠不关心。我亲眼看见一个人死，在弥留之际，哀叹命运把他正在着手的历史的线，在叙及我们的第十五或第十六个王处剪断。

他们还接着说："这种种惋惜
并不随着我们去。"(卢克莱修)

我们必要戒绝这些粗鄙而且有害的脾气。正如把墓园设在教堂的附近和城市最热闹的区域，以便像里库尔戈斯(Lycurgue)所说的，使一般民众妇女及孺子习惯了，不至于见死人而大惊小怪。而这些骷髅、坟墓和丧殡不断的场面，亦可以提醒自己的景况：

这是古代的风气：用武士的决斗，
来助宾客们的酒兴；
他们拳脚交加，利刃相接，

不惜血肉飞溅在杯盘上。

（伊塔利库斯　Silius Italicus）

又如埃及人在盛宴后，命一个人把一幅死的大像陈列于座众之前，并喊道："饮酒和欢乐吧，因为你死时就是这样。"同样，我不独常把死放在心上，并且放在唇上；而且再没有什么消息比人死时的状况，叫我更愿意听了：他们断气时的言语若何，面目若何，神情若何。读历史时我亦最留意这一点。我的书填满了这些例子，由此可知我对于这题材有特殊的嗜好。如果我是做书的人，我会将种种的死记录一册，并且加以评语。教人怎样死，即教人怎样活。第凯尔库斯（Dicearchus）有部书的名称是这样，可目的不同，用途亦不如是之大。

有人会对我说：现实超过想象这么远，即最精的剑术，一到了这点，亦要告失败。让他们说吧，先事绸缪给我们很大的益处是无可置疑的。而且，难道能够无畏怯亦不悚栗地走到那里不算一回事吗？岂止：自然亦帮我们的忙，给我们勇气。如果死是剧烈而且短促的，我们没有工夫怕它。如若不然呢，我发觉疾病渐渐侵害的时候，我对于生命自然而然地产生种种轻蔑。我觉得要下定消化这死的决心，健全的时候比病中更难。我对于生命的种种享受不如从前那么强烈地留恋，为的是我开始感不到它们的兴味与乐趣。我看死亦远不如从前那么可怕。这使我希望，当我离前者越远，离后者越近，更容易接受它们的替换。正如我曾经屡次体验恺撒所说的：事物在远处往往比在近处显得更大。同样，我发现我健康时比害病时更怕病。我所享受的欢乐、力量与愉快，使我觉得另一种境界与现状竟相差这么远，于是我由想象把那些痛楚扩大了一半，揣度它们在我肩上比所感到的更沉重。我希望对于死亦一样。

让我们通过身受的普通的变迁和衰败，看看自然怎样不让我们看到自己的亏损和朽腐。老头子过去的生命和青春的精力，所剩有几呢？

唉，老人的生之欢乐是多么有限！

（马思米安　Maximianus）

恺撒的一个残废的卫士在街上求他批准自己去死，他望着那卫士衰朽的形状，诙谐地答道："你以为你还在生么？"如果我们骤然掉到这种景况里，我不相信我们经得起这么大的变迁。可是，由自然的手引着我们沿着这柔和的几乎不知不觉的斜坡下去，她把我们慢慢地，一步一步地引入这不幸的境界，使我们与它熟习，于是当韶年在我们里面死去时，我们并不感到任何摇撼。其实在事理上，比那为苟延残喘的生命整个的死，比那老年的死，这青春的死更加难受，为的是从“苦生”跳到“无生”，实在没有从舒畅繁茂的生跳到忧愁痛苦的生那么艰难。

伛偻的身躯没有那么大的力量去背重负，灵魂亦然。必须把它高举和挺直，以抵抗这仇敌的压迫。因为，既然灵魂一天受死的威吓便一天不能安定，如果它一旦得到稳定，便可以自夸（一件差不多超出人力的事），无论什么苦恼、不宁、恐怖，以至于最轻微的烦扰，都不能在它里面居留了。

暴君的怒目
不能动摇他灵魂的坚定；
波涛汹涌的海神，
或天帝霹雳的巨手，
亦皆枉然。（贺拉斯）

灵魂变成热情与欲望的主人，变成窘乏、羞辱、贫穷以及其他命运的灾祸的主人。让我们当中的能者夺取这优胜吧：这是真正而且至高的自由，得了它我们可以藐视威迫与强权，嘲弄牢狱与铁链：

“我将拴你的脚，拴你的手，
让残酷的狱卒把你看守。”
“一位神明可以把我解救，
当我想得到自由的时候。”
我知道他指的是那赫赫的无常，
因为死是万事万物的收场。（贺拉斯）

我们的宗教没有比轻视生命更稳固的人性础石了。不独理智邀我们这样做，因为，我们为什么怕丢掉一件事后无从惋惜的东西呢？而且，既然我们受各种式样的死的恫吓，一一畏惧它们，不比忍受其中的一种更难受么？

既然是不可避免的，什么时候来临究竟有什么关系？一个人报告给苏格拉底，说那三十僭主已经把他定死刑了。“大自然却定他们的死刑。”他答道。

为了超度到一个脱离一切烦恼的境界而烦恼，这是多么愚蠢的事！正如生把万物的生带给我们，死亦将带给我们万物的死。所以哀哭我们百年后将不存在，正和哀哭我们百年前不曾存在一样痴愚。死是另一种生的起源。走进这生命于我们是这么艰苦的事，我们从前就是这样哭着进来的，就是这样脱掉我们旧时的形体进来的。

仅一度显现的事没有什么可忧伤的。为这么短促的顷刻怀这么长期的畏惧是否合理呢？死把长寿与短命合为一体。因为长短和那已经不存在的东西毫无关系。亚里士多德说伊班尼（Hypanis）河边有些只活一天的微小生物，早上八点钟死是夭折，晚上五点钟死却算寿终了。在这区区的刹那间论祸福，我们谁不觉得可笑呢？我们寿命之修短，如果拿来与永恒比较，或者与河狱、星辰、树木甚至有些禽兽的寿命比较，其可笑的程度亦不减于此。

但是大自然逼我们去。她说："离开这世界吧，正和你来时一样。你由死入生的过程，无畏惧亦无忧虑的，再由生入死走一遍吧。你的死是宇宙秩序中的一段，是世界生命中的一段。"

众生互相传递着生命，
正如赛跑的人一般
互相传递生命的火把。（卢克莱修）

我为什么要为你改换这事物的美好的本性呢？死是你出生的条件，是你的一部分：逃避死便是逃避自己。你所享受的这形体属于生，亦同样属于死。你初生那一天引你向死的路蹚程，不减于向生的路：

> 我们生的时候便开始我们的死。（塞内卡）

> 生，即是死的开始；最先的一刻
> 早把我们生命的最后一刻安排。（马尼里乌斯）

你活着的每一天都从生命盗取，你消耗生命。你生命的无间歇的工作便是建造死。你在生的时候便已在死。因为你不在生的时候，已是在死的后面。或者，如果你喜欢这样的话，那么你在生之后才死。可是你在生的时候，你在等死。而死触动等死的人，比触动死者实在更厉害、更锋锐、更切要。

> 如果已从生命获得利益，你的大愿已偿了，
> 心满意足地走吧。
> 为什么不离开这生命

像酒酣的宾客离店呢？（卢克莱修）

如果你不会享受，如果生命于你是无用的，你丧失它又有什么关系呢？你还要它何为呢？

为什么苦苦要延长
那终有一天要匆促地收场
和徒然浪费的时光？（卢克莱修）

生命自身本无所谓善恶，而是照你的意思安排善与恶的位置。如果你活了一天，你已经见尽一切了。每日就等于其余的日子。没有别的光明，也没有别的黑夜。这太阳，这月亮，这万千星斗，这运行的秩序，正是你的祖宗所享受的，而且也将惠及你的后裔：

我们祖先所见的是这样；
后裔所见的亦将是这样。（马尼里乌斯）

而且，万一不得已的时候，我的喜剧各幕的分配和变化已在一年内演完。如果你留心我的四季的运转，它们已包含了世界的幼、少、壮、老。它已演尽它的本色，更没有别的法宝，除了再来一遍，而且将永远是这样。

我们永远关在一个圈内，
永远在一个圈内打转。（卢克莱修）

流年周而复始，
终古循环不已。（维吉尔）

我并没有意思要为你创造新的把戏：

我不能再发明什么，
想象什么来讨你欢喜。
万象皆终古如斯。（卢克莱修）

让位给别人吧，正如别人曾经让位给你。平等便是公道的第一步。既然人人都被包括在内，谁能埋怨被包括在内呢？而且，任你活多少时候，你总不能截短属于死的时光的分寸，只有白费工夫。你在这战战兢兢的境界中有多少时候，与你死在襁褓里无异：

所以，人啊，尽管活着吧，
任你活满了多少世纪，
永恒的死仍将期待着你。（卢克莱修）

可是我将这样安置你使你没有怨艾，

你可不知道真死的时候，
再没有第二个你
活活地站在你左右
哀悼恸哭你躺着的尸首？（卢克莱修）

你亦不会再企望你曾经那么惋惜的生命，

于是再无人悬念生命和自身……
于是我们不再有惋惜和悔恨。（卢克莱修）

死比较空虚还没有那么可怕，如果有比空虚更空虚的东西。

所以死对于我们还要少，

如果比起空虚还可以少。(卢克莱修)

无论生或死都与你无涉：生，因为你还在；死，因为你已经不在了。

没有人在他的时辰未到之前死去。你所留下来的时间，与你未生前的时间一样不属于你，而且亦与你毫无关系，

回头看看吧：
我们未出世前的世世代代
与我们果何有哉?(卢克莱修)

你的生命尽处，死亦尽在那里。生命的用途并不在长短而在乎怎样利用它。许多人活很少日子，却活了很长久。趁你在的时候留意吧。你活得够与否，全在你的意志，而不在于年龄。你以为永远不能达到你时刻向那里行进的目的地么？没有一条路没有尽头的。如果旅伴可以安慰你，全世界可不跟你走同样的路么？

万物，当你死后，将随着你来。(卢克莱修)

一切可不和你共舞着同样的舞蹈么？有不与你偕老的东西么？千万个人，千万只兽，千万种类别的生物，都在你死的那一刹那死去：

> 没有夜跟着昼，没有晨跟着夜，
> 不听见夹杂着新生的婴孩的哭声，
> 那伴着死亡与黑暗的哀号与呻吟。（卢克莱修）

为什么要退缩呢，如果你不能往后退？你已经见过不少的人死去更好，借以逃避浩大的苦难了。死去更不如的，你曾经见过么？贬责一件在自己身上、在他人身上你都不曾经验过的东西，岂非头脑太简单？为什么你要埋怨我和命运呢？是你统治我们还是我们统治你呢？即使你的寿数未尽，你的生命已完整。一个矮小的人也是整个的人，与高大的无异。寿命和人都不是可以用尺量度的。

喀戎（Chiron）听见时间之神，他的父亲萨图努斯，亲自告诉他永生的情形之后，拒绝了永生。真的，试想一下，比起我给予的生命，永生对于一个人是多么痛苦及难受。如果你不会死，你将永久咒骂我剥夺你这个权利。我特意把多少苦味掺进死去，以免你见它方便，太急切太热烈地拥抱它。为要使你居留在这既不避生，亦不再避死的中庸的境界里，(这是我所求于你的)，我把两者都调剂于苦与甜之间。

我曾经启迪泰勒斯，你们的第一个贤哲，说生与死通通没有关系，这使他很聪明地回答那问他为什么不死的人道："因为那没有关系。"

地、水、风、火以及我这大厦的其他分子，既不是你的生的工具，也不是你的死的工具。为什么你害怕你的末日呢？它并不比其他日子特别催促你死，并不是最后一步招致倦怠，只是把它显露出来罢了。天天都望死走去，最后一天安抵那里。

这些都是我们大自然母亲给我们的好教训。

我常常想：为什么打仗的时候，无论在自己或在别人的身上，死的面目远不如在家里那么可怕，否则那就会变成一旅医生或哭鼻子的军队了。而且，既然死永远是一样的，为什么在乡村或卑贱的人家，比较其他景况好一些的总平静得多。我确实相信，这惨淡的面孔，这阴森怖人的殡仪，我们用以包围死的，恐吓我们实在比死的本身还多。一种新的生活方式，母亲们、妇女们和孺子们的号啕，致祭的亲朋的惊愕而昏迷的面孔，惨淡而哭肿了眼皮的奴仆，黑漆漆的房子，摇摇不定的烛光，以及拥塞在枕边的医生和牧师，总而言之，包围着我们的全是阴森与恐怖。我们实在早已被埋葬了！小孩子连看见戴面具的朋友也要恐慌起来，我们亦如是。我们要把物和人的面具通通拿下来，除掉之后，我们见到的死，将与前几天某一个奴仆或婢女毫无惧色接受的死十足一样。令人没有时间准备这种种殡仪的死有福了！

原著第一卷第二十章

注释：

1 坦塔洛斯，希腊神话人物，杀亲子宴神，被宙斯惩罚，吊在临湖树上，头上岩石摇摇欲坠。

2 法国从1567年开始，全国统一以一月一日为元旦。在此之前元旦在复活节前后，具体日期因地区而异。

3 被挤死的公爵，布列塔尼公爵让二世（Jean Ⅱ，1239—1305）。

4 一位国王，亨利二世（Henri Ⅱ，1519—1559），1559年在比武大会中被卫队队长意外刺伤而死。

5 一个祖先，路易五世（Louis Ⅴ，967—987），他的坐骑在巴黎街道被一头乱跑的猪冲撞，堕马受伤死亡，年仅二十岁。

6 另一个死于葡萄核，古希腊诗人阿那克里翁（Anacréon，约前570—前478）。

7 一个教皇，若望十二世（Jean XII，937—964），历史上最纵情酒色的教皇，被一个嫉妒的丈夫所杀。

8 一位兄弟，阿尔诺·蒙田（Arnaud Eyquem de Montaigne，1541—1564），蒙田的弟弟。

论想象的力量

“强劲的想象产生事实。”学者们这样说。我是很容易感受想象威力的人。每个人都受它打击，许多人却被推倒。它的影响深入我的内心。我的策略是避开它，而不是和它对抵。我只能在畅快强健的人们当中过活。只要看见别人受苦我便肉体上受苦，我自己的感觉往往僭夺第三者的感觉。一个人在我身边不歇地咳嗽，连我的咽喉和肺腑也发痒。和那些我不必留意和关心的病人比较，我不那么愿意探访分内不得不探访的病人。我染上我所察看的病，而且把它保留在身上。我毫不觉得奇怪：想象往往把死和病带给那些姑息及助长它的人。

西门·汤马士（Simon Thomas）当日是名医。我记得有一天，在一个患肺病的年老的富翁家里遇到他，谈起疗治这病的方法。他对富翁说，其中一个良方便是我乐意同他作伴，如果他集中视线在我的容光焕发的面孔上，集中思想在我的活泼欢欣的青春上，把我当时那种蓬勃的气象充满他的感官，他的健康便可以有起色。可是他忘记说，我的健康会因而受损。

卡路·韦比乌（Gallus Vibius）那么专心致志去体察疯狂的性质与动作，他的理性亦因而失常，而且永不能复元，他可以自夸是因智慧而发狂的。有些人因恐怖，预见刽子手的手而死掉。还有一个，当人家把他解绑，对他宣读赦词的时候，只为受了想象所打击，已僵死在断头台上了。我们受想象的摇撼而脸红、流汗、颤栗、变色，倒在羽毛被上，因为感觉我们的身体受震动有时竟至断气。血气方刚的少年，熟睡的时候，热烈到竟在梦中满足求爱的欲望：

像煞有介事似的
他们往往尽情流放
那滔滔不竭的白浪，
沾污了他们的衣裳。（卢克莱修）

就寝时尚没有角，在夜里竟生出角来，这类的事虽不算怎么新奇，意大利王西菩（Cyppus）所遭遇的总可流传的。他日间看斗牛，通夜梦见头上出角，终于由想象的力量额上凸出两角来。克洛伊索斯的儿子出世便是哑巴[1]，激动竟赐给他声音。安条克[2]（Antiochus）因为斯特拉托尼克（Stratonice）的美色太强烈地印在他灵魂上而发烧。老普林尼说，他亲眼看见路齐乌·哥时苏（Lucius Cossitius）结婚那一天由女人变为男人。蓬塔诺（Pontano）和别的人说，

意大利从前曾发生许多同样的变形事件：由他自己和他母亲的热望，

> 童子依菲斯（Iphis）实践
> 他做女孩时许下的心愿。（奥维德）

我经过维提里·勒·法兰索亚镇（Vitry le François）的时候，得见苏瓦松（Soisson）主教引来一个名叫日耳曼（Germain）的人作证。那里的居民都认识他，而且眼见他到廿二岁还是女子，名叫玛利亚。我见他时已经老了，满面须髯，并且未娶妻。他说，有一次跳的时候稍用劲，阳具便伸出来了。那里还流行着一首歌，少女们常唱来互相警戒不要跨得太大步，以免变为男子，和玛利亚·日耳曼一样。这类的事常常发生并不足稀奇，因为如果想象对于这种东西有相当的能力，那么使劲而且不断地专注在这上面，与其频频重陷同样的思想和猛烈的欲望，究不如一次把这男性的部分安在女子身上为妙了。

有些人把达果贝尔王（Dagobert Ier）的瘢痕[3]和圣弗朗索瓦（Saint François d'Assise）的烙印[4]委诸想象的力量。据说有些人的身躯有时离地升起。瑟尔萨斯（Celsius）告诉我们，一位牧师把他的灵魂勾引到一个那么出神的境界去了，他的肉体竟许久无呼吸、无知觉。圣奥古斯丁曾经说及另一个人，只要一听见凄惨的呼号便昏过去，而且昏得那么厉害，任你怎样在他耳边大声疾呼，摇他，刺他，烙他也枉然，直到他自己醒过来才止。那时他便说他刚才听见些声音，不过仿佛自远处传来，并且现在也感到刺烙的创痛了。这并不是一种向感觉挑战的刚愎的幻想，只要看他那时候全无脉搏和呼吸便可知了。

奇迹、异象、邪术和种种非常现象的主要效力大抵基于想象力，作用于一般民众的比较松软的灵魂上。他们的信心是那么容易受骗，简直以为看见并未看到的东西。

我依然相信，那些可笑的“洞房带”[5]扰乱人心之甚，竟成为了大众的唯一谈资，完全由于恐惧与畏怯的印象。因为我由经验得知某人（对于他，我可像对我自己一样负责的）毫无患阳痿或中邪术的嫌疑，只是听见一位朋友说及一种非常的萎疲症在最不需要的时候降临，等到自己处于同样的地位时，这可怕的故事冲击他的想象那么厉害，竟得到同样的遭遇。从那天起，那种对于这灾患的可恶的回忆屡次侵扰他，挟制他，使他重犯此病。后来，他在另一种想象里找着了疗治这想象的药方：那就是事前预先宣布和承认他的病，他精神的紧张得以放松，为的是他的弱点既然是意中事，他的职责便轻减，不再那么沉重地坠着他的心了。到了他可以任意选择机会，他的精神便自由和解放了，他的肉体也修整如常了，他于是开始尝试、捉摸，然后突然让对方发现，他完全痊愈了。

对于某个女人一次能，以后便不会不能，除非由于一种真正的无能。

如果有犯这种不幸之可虑，那就是行事时精神过于受欲望或猜疑的刺激，尤其当机会是属于意外及迫切的性质时候，要镇静这种慌乱简直没有办法。我认识一个人，由别处把那已经半酣的身躯带来给他，竟可以马上熄灭他的烈火。另一个年老的时候，居然没有那么无能了，正因为没有那么劲健的缘故。还有一个人，他的朋友对他说有治邪的方法，担保可以保护他，居然收到很好的效果。不如让我叙述这事的始末吧。

和我交情很深的一位某望族的伯爵，和一个很美丽的姑娘行结婚礼。因为来宾中有一个曾经向她求过婚，伯爵的朋友于是非常替他担心。他的一位亲戚，那主婚的老太太（婚礼就在她家举行）特别害怕这种邪术，把她的疑虑对我说了。我请他倚赖我。刚巧我的箱子里有一个金币，上面刻着几个天使，如果把它好好放在头颅的骨缝上，可以防卫中暑和解除头痛。为要使它不致移动，这金币是缝在一条可以系在颌下的带子上面的。这是与我们目前所顾虑的事一样虚渺的幻想！这件奇怪的东西是约克·培勒提尔[6]（Jacques Peletie）住在我家时赠给我的。我忽然想起它或者有相当的用处。我对伯爵说，他也许会跟别人遭同样的险厄，既然在座有人颇乐意计算他。可是他尽可以安心睡去，我必定对他尽朋友的扶助，必要时将不惜为他运用一个我能力范围内的法术，只要他很真诚地答应我无论如何都不泄漏秘密。如果事情有什么不妥，他只要在夜间把补血汤送给他时向我打个暗号就得了。他的心和耳既受了种种幻想的骚扰，他觉得自己为错乱的想象所束缚，便在我们约定的时间向我示意。我于是低声告诉他，要他借端站起来把我们赶走，并且开玩笑把我身上的睡衣拿去（我们差不多一样高），把它穿上，直至他把我的嘱咐做完为止。我的嘱咐是：我们离开房子的时候，他马上要走到一隅小便，要说三次某种咒语和做某种动作，每次要把我给他的带子绑在腰间，而且很小心地把那金币盖住肾部，金币上的图像朝向某方向。这种种都做完了，而且在第三次时把带子绑紧，使不能移动或松散了，他便可以安心回去干他的事，可是不要忘记把我的睡衣如此这般地铺在床上以盖住他们俩。

这种种把戏是奏效的主要东西：我们的思想分辨不出这些荒诞的方法不是从某些幽冥的秘术来的，其谬妄反而足以赐给它们分量和尊严。总之我这护符确实证明了治春病比治中暑还要灵验，它的作用力比防卫力还要大。那是一种意外的怪想暗示给我这种做法，和我本性相去很远。我是一切诡谲佯诈行为的仇敌，我憎恶用欺骗的手段，不独游戏如此，谋利亦如此。如果那行为不是恶的，那条路却是。

埃及王阿玛西斯（Amasis）娶劳狄丝（Laodice）为妻，一个很美丽的希腊妇人。他待她事事都殷勤备至，单是到享用她的时候，却穷于应付，以为是什么妖术作祟，恐吓要杀她。因为这是全属于幻想的东西，她劝他求助于宗教。埃及王既对维纳斯许下种种心愿，献祭后的第一晚果然恢复如神了。

无疑地，她们不应该以那种羞怯、忸怩、挣扎的姿态来款待我们，那是足以吹灭同时又惹起我们的烈火的。毕达哥拉斯（Pythagoras）的媳妇说，一个女人同男人睡的时候，应该把羞耻和裤子一齐卸下，等到穿裙时再把它穿上。进攻者的心，受了各种的惊骇，很容易迷失。如果他的想象一度使他感受这羞辱（他只在第一次接触时感受到它，接触越剧烈越凶猛，他感受得也越厉害，而且，也因为在这初次的亲密中，人们特别怕失败），开端既不利，他将因此而恼怒而发烧，以致日后这不幸会继续发生。

结婚的人，既然他们有的是时间，如果没有准备妥当，不宜妄试或急于动作。与其第一次便碰钉子受窘和绝望而陷入长期的困扰，宁可失礼地放弃第一次试用那充满骚攘与狂热的喜床，等候比较亲切和稳当的机会。未得手之前，那耐心者应该在不同的时候用突击的方法悄悄地尝试和开路，不要忿怒或固执，最终恢复自己的信心。那些认识自己的肢体是天生驯服的人，让他们留心不要被想象欺骗。

人们关心这肢体难以约束的不羁实在很合理。当我们不需要它的时候，它是那么不合时宜地自告奋勇。而最需要它的时候，却又那么不合时宜地临阵退缩，那么蛮横地违抗我们意志的权威，又那么傲岸而且刚愎地拒绝我们的心和手的祈求。

可是如果人家指摘它叛逆，或者因此把它定罪，它雇我为它辩护，说不定我会控告它的同伴，我们其他的肢体。说它们为了妒忌它的任务之重要和愉快，有意跟它挑衅，而且阴谋鼓动全世界来反对它，很奸险地把它们共通的罪咎加在它身上。因为试问我们身上有哪一部分不常常拒绝和我们的意志合作，并且常常自作主张向我们的意志挑战。它们每个都有自己的情感，不由我们分说便把它们唤醒或催眠。多少次我们的脸色不知不觉间泄漏我们要守秘密的念头，把我们出卖给那些在我们周围的人！就是兴奋我们这肢体的动机，亦一样地兴奋我们的心、肺和脉搏，我们的眼睛一接触着可爱的东西便自然而然地在我们身体里散布热情的火焰。难道只有这些肌肉和血脉不独不等待我们的意志，并且不等待我们的念头的首肯便升起或沉伏么？由于欲望或恐惧，我们的头发不听指挥而悚立，我们的皮肤不听指挥而颤栗。手儿常伸向我们不差使它的地方去，舌头随时僵硬，声音随时凝结。当我们没有什么东西可煎煮，很想制止饮食欲的时候，饮食欲却不停去扰乱那些它治下的部分，正如另一种欲念那样，随时随地不合时宜地抛弃我们。用来排泄肚子的器官自有它的伸涨或收缩，不顾而且违反我们的意旨，排泄肾囊的器官亦是一样。虽然圣奥古斯丁为要证明意志是全能的，告诉我们他亲眼看见一个人，任意要他的屁股放多少屁，虽然他的注释者比韦斯（Vivés）更用当时另一个例子增加这话的价值，说有人可以照别人对他诵读的诗句用屁组成调子，我们都不能因此断定这肢体的绝对服从。因为通常有比这部分更吵闹更躁暴的么？我还认识一个屁股，那么顽固，那么暴戾，竟强迫它的主人连续放了四十年的屁，无间断亦无变动，就这样把他带到坟墓里去。

但是我们的意志——为了它的主权我们提出这些谴责——我们可以控告它谋反与叛逆的证据更多了，它是那么不守规则与不从人意！它所想的总是按我们所要求的么？它所想的不是常常是我们所禁止的，而且明明对我们不利的么？它肯听我们理性的结论指挥么？

最后，我为我的主顾先生求你考虑这一点：关于这事，它的案由虽然和其他同伙相连在一块，不能区别亦无从分辨，却只有它被告。而被告的理由和罪状，照各造的情形看来，又和它的同伙无丝毫关系或牵涉，原告心怀仇恨和不合法由此可知了。

无论如何，大自然一面抗议律师和法官们徒然的争辩和判决，同时循着自己的轨道前进。她把一种特殊的权利赐给这个肢体——凡夫们的唯一永生的事业的创造者，她的所为是不会错的。所以生育对于苏格拉底是一种神圣的行为，而爱情是希求永生的欲望，它本身也就是一个永生的幽灵。

或许一个人可以由想象的力量把所患的瘰疬[7]在这里留下，而他的同伴却把它带回西班牙去。为了这缘故，关于这种症候，通常都需要一个准备好的头脑。为什么医生们事前用种种可以治愈的假话来愚弄他们的病人呢，如果不是希冀想象的力量补助他们的药汤的欺诈？他们知道他们的一位师父曾经写在书上：对于许多人，只要一看见医药便可以奏效了。

上面这幻想之所以来到我笔下，因为我忆起先父的一位家庭制药师告诉我的一个故事。这药师极纯朴，是那不慕虚荣、不善扯谎的瑞士人。他说在图卢兹熟悉一个身体孱弱而且患沙淋症的商人，因为常常需要灌肠药，由医生们照病状配制了许多种。当这些药拿到他面前的时候，他丝毫也不放过习惯的仪式：他往往先试探是否太烫，然后躺在床上，仆倒着，照例的步骤都一一做过了，只是没有注射！弄完这一套之后，药师便告辞了，病人居然顿觉舒服起来，和真受了注射一样。如果那医生觉得一遍还不够，就照样再来两三遍。我这证人赌咒说，病人的太太为省钱起见（因为他和真受注射一样付钱），有时自已用温水照样试办，但终因不奏效而露破绽，这样做既不灵验，就不能不依旧倚赖从前的方法。

一个女人，想象她曾把一颗针和面包一齐吞下，感觉它哽在喉里，哀叫狂号仿佛有一种不可忍受的痛楚。但是因为看不见她的喉咙有什么红肿或其他变动，一个灵巧的人断定这不过是意念和幻想在作怪，由于一片面包把她刺了一下，于是设法使她呕吐，偷把一根曲折的针放在她所吐出来的东西里。这女人以为已经把针吐出，马上觉得痛楚全消了。

我知道有一位绅士，在他家里宴饮一班上宾，三四日后戏对人夸说（因为其实全属子虚），给他们吃了猫肉馒头。其中一个贵妇恐慌到竟得了胃病和发烧，以致不可救药。牲畜本身也和我们一样受统辖于想象力。试看许多狗因丧失它们的主人而哀恸至死。我们也常看见它们在梦里发抖和狂吠，或马儿嘶叫和挣扎。

不过这还可以委诸身心的密切关系，互相传递遭遇。至于想象有时不独影响自己身体，并且影响到别人的身体，那又是另一回事了。正如一个躯体把它的病痛传给邻人，如瘟疫、痘疹和眼疾，常可以见到互相传染。

> 眼睛为了看见眼病便生病；
> 无数的病症都由传染得来。（奥维德）

同样，想象受了强烈的摇撼射出来的利矢亦可以中伤外物。古代相传斯基泰（Scythie）有些女人生气的时候，只用她们的怒眼便可杀死所恼怒的人。龟和鸵鸟孵卵都只用目光，足以证明它们的眼睛具有射精的能力。至于女巫呢？据说她们具有毒害的眼睛：

不知什么妖眼迷惑了我的羊群。（维吉尔）

我极不信任术士。可是我们由经验知道，许多女人把她们幻想的标志印在胎里的小孩身上，那产生黑人[8]的可以为证。有人将比萨附近的一个女孩贡献给波希米亚国王兼德国皇帝查理四世（Charles Ⅳ），周身毛发茸茸，据她母亲说，这是因为她早晚习见一幅挂在床头的圣约翰像[9]而怀孕育出来的。

对于禽兽亦然。试看雅各的羊[10]，以及野兔和鹧鸪给山巅的雪所漂白。最近有人在我家里看见一只猫窥伺一个小鸟，它们互相定睛凝视了半晌，鸟儿竟和死去一样落在猫儿的爪里，或给它自己的想象所麻醉，或受了猫儿某种吸力所牵引。酷爱放鹰猎鸟的人必定听说过，一个猎夫定睛望着一只飞鸢，打赌他能够单用他的视力把鸟儿拽下来，而且据说他的确做到了。

我所借用的故事，完全托付给从他们那里借取的人的良心。结论却是我的，并且倚靠理性的证据而成立，而非倚靠经验的证据。每个人都可以把自己的例证附上去。至于没有例子的人，他总可以相信世间必定有例子存在，因为事端是那么纷纭繁杂。

如果我举的例子不切题，让别人用更妥当的来替代吧。

而且，在这关于我们的风俗和行为的研究里，荒诞的凭证，只要是可能的，与真的一样可用。曾经发生与否，在巴黎还是在罗马，在约翰或是彼得身上，它们总在人的范围内。我很有益地领教于有关的记述，我察看它，无论在形或影都受其惠。而在历史常给我们的许多教训当中，我选取那最稀有以及最可纪念的。有些作家的目的是叙述那已经发生的事。我的呢？如果我做得到的话，却要述说那可能发生的。各派别可以有权在没有雷同的地方假设雷同，但我却不这样做。在这一点上，我的宗教式的严谨超过了一切历史的真实。对于那些从读过、听过、做过、说过的事物中取得的例证，我约束自己，不敢更易那最轻微、最无关系的枝节。我的良心毫厘也没有假造，至于我的知识，我却不敢担保。

这使我有时想，一个神学家、一个哲学家和那些同时具有精微的良心与谨慎之心的人，究竟适宜写历史吗？他们怎么能够用自己的信仰来担保世俗的信仰呢？怎么能够为不相识的人的话负责，把他们的臆度当现钱使呢？对于各种各样人在他们眼前所做的事，他们亦会拒绝在审判官面前发誓作证。而且无论怎样亲近，没有人肯为一个人的意向负完全的责任的。我以为写过去的事不如写目前的事那么冒险，为的是作者只要报告一个借来的事实。

许多人劝我记载时事，因为他们觉得我的观察没有别人那么多的偏见，而且，因为我接近各党派的领袖的机会较多的缘故，比较亲近得多。可是他们并不说，即使我获得撒路斯提乌斯的荣誉，我亦不会从事这样的工作。义务、勤勉和坚忍的死敌如我者，再没有比较长篇的叙述和我的风格更不适宜的了。我常常因为后劲不继而把线索截断，我没有章法亦没有诠释值得夸说。既然我连表达最普通的事物的字句都比一个小孩子还笨拙，所以我只说我能够说的，用题材来凑合我的能力。如果我请人作向导，我的脚步也许跟不上他。何况我的自由是这般自由，说不定我会发表些意见，即使从我自己的观点和根据理性看来，也是不合理和该罚的。

蒲鲁达尔克谈及他的作品时，会很愿意告诉我们说：如果他所举的例证事事处处都真，功在别人。可是如果有利于后世，而且发出一种光辉以照耀我们臻于道德，功却在于他自己。与药汤不同，一个古代的故事无论是这样或那样，并没有什么危险。

原著第一卷第二十一章

注释：

1　克洛伊索斯是公元前六世纪吕底亚国王，传说他的哑巴儿子看到敌人持剑从背后刺杀他父亲时，突然能够高声叫喊。

2　安条克，叙利亚塞琉古王朝王子，私恋继母斯特拉托尼克(Stratonicé)得重病，其父知道后离婚，成全他们两人。

3　传说法国国王达果贝尔由于害怕坏疽病，脸上出现疤痕。

4　意大利神父圣弗朗索瓦在一次祈祷后，身体出现耶稣受难的伤痕及流血。

5　蒙田时极流行的一种魔术，据说中了这魔术的人在洞房之夜便不能行乐。

6　培勒提尔，法国人文主义者，蒙田朋友。

7　法国中世纪民间传说，国王以手触摸治疗瘰疬病人有神效，后成为王室传统，一般在加冕典礼或大节日进行。1525年，弗朗索瓦一世在意大利战役中失利，被日耳曼帝国皇帝查理五世所俘，在马德里囚禁一年后获释，曾吸引大批西班牙病人到法国求治病。

8　古希腊名医希波克拉底曾为诞下黑孩儿的妇女辩解，认为原因在于房间挂着黑人像。

9　中世纪宗教画里的圣约翰一般身披羊皮，或身边带着一头小绵羊。

10　据《圣经·创世记》，犹太先知雅各的羊群因见斑色木条而诞下斑点羊羔。

论隐逸

我们且撇开那关于活动与孤寂生活的详细比较，至于野心与贪婪用以掩饰自己的这句好听的话："我们生来不是为自己而是为大众"，让我们大胆诉诸那些在漩涡里的人们。让他们扪心自问，究竟那对于职位、任务和世上许多纠纷的营求，是否刚好相反，正是为假公以济私。现在一般人借以上进的坏方法很清楚地告诉我们，那目的殊不值得。让我们回答野心，说令我们爱好孤寂的正是它自己，因为还有比它更躲避人群的么？还有比它更寻找活动的余地的么？无论什么地方都有行善和作恶的机会。不过，假如比雅斯（Bias）这一句话说得对："最恶的部分占最大部分。"或者《传道书》里这句："一千人中没有一个良善的。"

> 善人何少？充其量
> 不过如第比斯的城门
> 或尼罗河的出口（尤维纳利斯　Juvénal）

那么和群众接触真是再危险不过。我们不学步于恶人便得憎恶他们。两者都危险：因为恶人占多数而仿效他们，或者因为他们不类似而憎恶大多数人。

那些航海的商人留心那些与他们同舟的人是否淫逸、亵渎、凶顽，把这群人看作不祥实在很对。所以比雅斯很诙谐地对那些和他同在大风中疾声呼救于神明的人说：“住口，省得他们知道你们和我同在这里。”

还有一个更确切的例子：代表葡萄牙王曼努埃尔一世驻印度的总督阿尔布克尔克（Albuquerque），当船快沉的时候，把一个幼童托在肩上，唯一的目的是：他们的命运既联在一起，幼童的天真可以作为他对于神恩的保证和荐书，使他得到安全。

这并非说哲人不能到处都活得快乐，甚至孤独一人在朝廷的广众中。不过如果可以选择，他就会说，连他们的影子也不要看。不得已时，他会忍受前者，但是如果由他作主，他就选择后一种。如果他还得和别人的恶抗争，就会觉得自己还没有完全免除恶。

卡隆达斯（Charondas）把那被证实常和恶人往来的人当恶人惩罚。

再没有比人那么不宜于交际而又善于交际的：前者因为他的恶，后者因为他的天性。

我觉得安提斯泰尼（Antisthène）并没有圆满答复那责备他好交结小人的人，他说：“医生们也常在病人中过活。”

因为如果他们帮助病人复元，却要由疾病的传染、习见和接触而损害自己的康健。

现在，一切隐逸的目的，我相信都是一样的：要更安闲、更舒适地生活。可是我们并不常找寻正当的路。我们常以为已放下了一切事务，实则不过改换而已。治理一家的烦恼并不比治理一国轻多少：心一有牵挂，便整个儿放在上面。家务虽没有那么重要，却不因此减少了烦恼。而且，我们虽然已经摆脱了朝廷或集市，却不曾摆脱我们生命的主要烦恼。

> 心灵的宁静，由于理性与智慧
> 并非由于汪洋大海的旷观。（贺拉斯）

野心、贪婪、踌躇、恐惧和淫逸并不因为我们迁徙而离开我们，

> 黑色的忧愁坐在骑士的背后。（贺拉斯）

它们甚至追随我们到修道院和哲学院里。沙漠、石岩、苦行僧的发衣和禁食都不能帮助我们摆脱：

他胁下带着致命的利矢。(维吉尔)

有人对苏格拉底说，某人旅行之后无论哪方面都不见得有改进。他答道："有什么稀奇！他把自己一块带去。"

在别的太阳下我们何所求？
谁放逐自己，放得下自己？(贺拉斯)

如果我们不先把自己和灵魂的重负卸下，走动将增加它的重量。正如船停泊的时候，所载的货物便显得没有那么壅塞。给病人换地方，对于他害多于益。走动把恶摇到囊底，正如木桩愈摇愈深入、愈牢固一样。所以单是远离众生还不够，单是迁移地方也不够，我们得要把我们里面的凡俗习性涤除，得要杜门隐居，恢复自主。

你说："我已经打破我的桎梏！"
不错！试看那亡命的狗，
即使它咬断了铁链
圈儿可不是还挂在颈后！(佩尔西乌斯　Persius)

我们把自己的桎梏带走，这并非绝对的自由，我们依旧回顾我们留在后面的东西，我们的脑袋还给充塞着。

> 除非心灵澄净，什么险都不要去冒，
> 什么冲突也不在我们胸中乱捣，
> 什么焦急和恐怖也不把我们煎熬，
> 还有奢侈、淫逸、恼怒和骄傲，
> 和那懒惰、贪婪、卑鄙与无行，
> 将怎样地把我们践踏蹂躏！（卢克莱修）

我们的病植根在灵魂里，而灵魂又避不开自己，

> 病在灵魂里，她怎能逃避？（贺拉斯）

所以我们得要把灵魂带回来，隐居在自己里面，这是真隐逸。就在城市和宫廷里也可以享受，不过离开则更如意。

现在，我们既然要过隐逸的生活，并且要息交绝游，让我们使我们的满足全靠自己吧，让我们割断一切维系于别人的羁绊吧，让我们克服自己以至于能够真正独自儿活着，而且快乐地活着吧。

斯提尔庞（Stilpon）从他的被烧的城里逃出来，妻子、财产全丢了。德米特里一世（Demetrios Ier）看见他站在故乡的废墟中，脸上毫不变色，问他有没有损失，答道，没有。多谢上帝，他并没有丢掉他自己什么东西。这正是哲学者安提斯泰尼的意思，当他诙谐地说："人应该带些可以浮在水面的粮食，以便沉船的时候可以借游泳来自救。"

真的，一个明哲的人决不会失掉什么，如果他还有自己。当诺拉城给野蛮人毁坏之后，当地的主教保林（Paulin）丧失了一切而且身为俘虏，这样祈祷上帝："主呵，别使我感到有所损失，因为你知道他们并没有触着我什么。"那令他富有的财富，那令他善良的产业还丝毫无损。这就是所谓善于选择那些可以免除灾劫的宝物，把它们藏在无人可到，而且除了自己，无人能泄漏的地方了。

如果可能，我们应该有妻子、财产，尤其是康健。可是别要黏着得那么厉害，以致我们的幸福倚靠它们。我们得要保留一所"后栈"，整个属于自己的，整个自由的。在那里，我们建立自己的真正自由，更主要的是建立自己的退隐与孤寂。在里面，我们日常的晤谈和自己进行，而且那么秘密，简直没有和外界往来或接触的东西可以插足。在里面，我谈笑一若妻子、产业和仆从都一无所有。这样，当我们一旦丧失它们的时候，不能倚靠它们于我们就不新奇了。我们有一颗可进可退的灵魂，可以自我作伴，并且拥有能攻能守、能予能取的器械，不必担心在这隐逸里会沦于那无聊的闲散，

你要在孤寂里自成一世界。（提布卢斯）

“德行，”安提斯泰尼说，“自足于己：无规律，无语言，无效果。”

我们日常的举动，千中无一与我们相干的。你眼前那个人，爬着颓垣，狂怒而且失了自主，冒着如雨的枪弹的。还有另一个，满身疤痕，饿到打寒噤而且面色灰白了，誓死也不愿给他开门。你以为他们是为自己么？也许为了一个他们从未见面的人，而且是对于他们的命运漠不关心，同时还沉溺于荒淫与逸乐里的人。还有这一个，肮脏、眼泪鼻涕淋漓，你看见他半夜从书房出来，你以为他在书里找那怎样使他更良善、更快乐、更贤智的方法么？绝不是。他将死在那上面，不然就教后代怎样读普劳图斯（Plaute）的一句诗或一个拉丁字的正确写法。谁不甘心情愿把健康、安宁和生命去换取光荣和声誉，这种种最无用、最空虚和最虚伪的货币呢？我们自己的死还不够使我们害怕，我们还要负担妻子、

奴仆的死。我们自己的事还不够烦扰自己，还要为邻居和朋友的事呕心绞脑。

> 嗄！一个人怎么竟会溺爱他人和外物
> 比自己还要亲切、殷勤？（泰伦提乌斯　Térence）

依照泰勒斯的榜样，我觉得隐逸对于那些已经把他们生命的最活泼、最强壮的时期献给世界的人更适宜、更合理。

我们已经为别人活够了，让我们为自己活着吧，至少在这短促的余生。让我们把我们的思想和意向带回给我们和我们的安逸吧，要妥当布置我们的隐逸并不是小事，用不着掺杂别的事，我们也已经够忙了。既然上帝给我们工夫去布置我们的迁徙，让我们好好地准备吧：收拾行李，及时与社会告辞，打破种种强把我们牵扯到别处、远离自己的羁绊。我们得要解除这些强有力的束缚，从今天起，我们可以爱这个或那个，可是只和自己缔结永久的姻缘。就是说，其余的东西都可以属于我们，但是并不紧紧联结或黏附在我们身上，不至于拿开的时候，得剥去我们的皮肤，连带撕去身上的一块肉。世界上最大的事就是知道怎样属于自己。

这正是我们和社会断绝关系的时候，既然我们再不能对它有什么贡献。虽然不能借出，至少也得设法不要借入。我们的力量渐渐减退了。让我们把它们撤回，完全集中在自己身上吧。谁能够把友谊和社交的角色颠倒过来，用于自己，就该去做。在这衰退景况里，他对于别人变为无用、累赘和打扰，让他至少不要对自己也是累赘、打扰和无用。让他自我宽待、抚爱，尤其是约束自己：敬畏自己的理智和良心到这样程度，以求不能在它们面前走差一步而不觉得羞耻。“因为能够自重的人的确很少见。”(昆提利安　Quintilian)

苏格拉底说年轻的人应该受教育，成年人努力善行，年老的卸去一切军民职务，起居从心所欲，不必受什么任务的约束。

有些人的天性比较其他人更宜于遵守这些隐逸的戒条的。比方有些人理解力薄弱，情感和意志敏锐，而且不愿意服役或承担任务，我就是其中的一个。比起那些活泼忙碌的心灵，事事包揽，处处参与，凡事都兴奋，随时都自荐和自告奋勇的人，他们由天生的倾向与思考更容易听信这忠告。我们应该利用这些身外的偶尔机缘，适可为止，而不必把它们当作自己的命脉。它们原不是这样，无论理性和天性都不愿意这样。

我们为什么逆理性和天性的法则，把我们的快乐当作权力者的奴隶呢？还有为了预防命运之不测，剥夺我们手头上的便利（如有些人由宗教的热忱和有些哲学家受理性的驱使而如此），奴役自己，睡硬地面，挖掉自己的双眼，抛财富于海里，自寻痛苦（或想由此生的苦难获得他生的欢乐，或想把自己放在最下层以免再摔下去），这些都是非凡的美意的行为，让那些更坚定更倔强的天性，连他们隐居的窠穴也弄得显赫而可以树为模范吧。

当我贫困无聊，
啊！我多乐意过那俭朴寒微的生活：
什么富贵荣华都不能把我诱惑！
可是当命运带着昌盛来临照，
我将声言世上唯一的福乐明哲
是购置田地和成家立业。（贺拉斯）

用不着走那么远，我已经觉得够难了。我只求，在命运的恩宠之下，准备看它翻脸，而且在我舒适的时候，依照我想象之所及去摹拟那未来的恶运，正如我们在太平时候用竞技和比武来摹拟战争一样。

我并不因为哲学家阿克西洛斯（Arcesilaus）按照他的

家境使用金银的器皿就把他看得没有那么贤德，我并且把他看得更高，因为他慷慨而且得当地使用它们，远胜于完全摒弃它们。

我知道我们自然的需要伸缩到什么程度。当我看见门外的叫化子往往比我更快活更健全，我便设想自己在他的地位，试依照他的尺度去装扮我的灵魂。这样浏览过其他种种榜样之后，当我想象死亡、贫穷、轻蔑和疾病已经近在眉睫时，我毫不费力地说服自己，不要害怕那连一个比我卑贱的人也那么安闲地接受的东西。我绝不相信一个低下的理解力比那高强的更能干，或理性不能达到习惯同样的效果。而且既知道这些外来的福泽是多么无常，我总禁不住，在最洋洋得意的时候，对上帝作这无上的祷告，求他使我为自己快乐，为自己的善行快乐。我见许多青年虽然非常壮健，却仍藏了一大堆药丸在他们的衣箱里，以便伤风时服用，因为既知道有医药在手，便不会那么害怕生病。我们也应该这样做，而且，假如自己觉得容易患某种更严重的病症，就应该带些可以使患处麻醉和使自己沉睡的药品。

我们为安逸所应该选择的事业，必定是既不辛苦又不厌闷的，否则隐居的目的就完全落空了。这全视乎各人的特殊兴趣：我自己的兴趣就丝毫不宜于农作。那些爱好农事的应该和缓从事。

要使财产为我奴，

毋使我为财产奴。（贺拉斯）

要不然，耕种是一种奴隶的工作，依照撒路斯提乌斯的称呼。有些部分则是比较可人的，譬如园艺，据色诺芬（Xénophon）说，那是居鲁士二世平生最爱好的。我们并且可以在这里找到一种折衷，一边是那些埋首其中的人身上常见的卑贱、紧张和终日的操劳，另一边是其他人身上的放任一切的深度而极端的懒散。

德谟克利特的灵魂远游于云天，

一任羊群恣意嚼食他的麦田。（贺拉斯）

可是我们试听那小普林尼（Pline le Jeune）给他的朋友哥尼奴士·鲁夫（Cornelius Rufus）关于隐逸的劝告："我劝你，在你目前享受的丰满的隐逸生活当中，把那料理产业的卑贱工作完全交给仆人，自己专心致志去研究文艺，以便从那里取得属于你的东西。"他的意思是指名誉。他和西塞罗一个鼻孔出气，当西塞罗说，他要卸去一切公务归隐，以便由著作得永生：

> 你的学问难道就等于零，
> 如果藏起来没有人知？（佩尔西乌斯）

既然说要遗世隐逸，似乎应该瞩目于世外才合理。这些人只走了一半路。他们小心安排他们的事务，以备将来辞世的时候。但是由于一种可笑的矛盾，他们安排的成果，却希望在已经遗弃的世界里来收采。有些人由宗教的虔诚求隐逸，确信圣灵的期许将在来生应验的人，他们的想象合理得多了。他们把上帝放在眼前，当作一个慈爱与权能都是无限的对象，在那里灵魂可以任意满足他的欲望。痛苦与悲愁之来临是一种利益，借此可以获得永久的健康与欢乐。死亡是一件切盼的事，是超度到这美满的境界的过程。他们戒条的苛刻马上就给习惯削平，性欲也为了自禁而冷淡、蛰伏，因为只有运用和练习才能保持它的活跃。单是这未来的福乐永生的展望便值得我们抛弃现世一切安逸与甘美了。谁能够确切而且有恒地用这强烈的信仰与希望的火焰燃烧他的灵魂，他就会在隐逸里度过美妙而且愉快的一生，超越其他一切生命的方式。

所以小普林尼这忠告的目的与方法都不能使我满意，这不过是永远由疟疾转为发烧罢了。书籍生涯也和别的一样辛苦，一样是我们健康的大仇敌，而健康却是我们应该最先顾及的。我们应当留神不要给里面的快乐所迷倒，拖累那些经济家、贪夫、色鬼和野心家的就是这同一的快乐。许多哲人已经一再教诲我们提防嗜欲的险恶，和辨认那真正纯粹的快乐与那些混着许多痛苦的斑斓的快乐。他们说，因为我们大部分的快乐偎贴和拥抱我们只是为绞死我们，和那些埃及人称为菲力达（Philidas）的强盗无异。如果我们头疼在醉酒之前，我们就会留心不乱喝。可是为了欺骗我们，愉快往往走在前头，把跟着它来的掩住了。

书籍是可爱的伴侣，但是如果接触它们使我们丧失快乐与康健，我们最宝贵的财产，那就离开它们吧。许多人以为它们的果子难以抵偿这个损失，我也是这样想。正如那久病的人身体日就衰残，完全听任医生摆布，须要遵守一些规定的起居规律，同样，遗世的人，既然厌倦了一般人的生活，就得依照理性的法则去策划，深思熟虑去安排他的隐逸。他要辞退各种工作，无论它戴着什么面具，逃避一切可以妨碍身心安宁的情感，以及选择那最合他脾气的路径。

各人选择最适宜的路吧。(普罗佩提乌斯)

我们应该读书、畋猎，以及从事种种的活动，以榨取最后一滴快乐。可是得留神不要再前进，从那里起快乐将渐渐变成痛苦。我们应该保留相当的事业与工作，可是又要适量，足够我们活动，以免流入极端的懒惰与闲散的恶果。

有些学问乏味而多刺，大部分为大众而设，我们应该让给那些献身于大众的人。至于我，我所爱的书要不是容易、富于兴趣和惬意的，便是些可以慰藉我和指导我去调理我的生死：

独自逍遥在静谧的林里
追怀着贤人哲士的幽思。(贺拉斯)

比较明哲的人可以为自己创造一种纯粹精神的宁静，因为他们有强劲的灵魂。至于我，有着一颗平凡的灵魂，就得求助于肉体上的舒适。年龄既剥夺了那些比较合我脾胃的愉乐，我便训练和磨锐胃口去消受那剩下来较适合这晚景的愉乐。我们得要爪牙并用，抓住那些年光从我们手里一一夺去的生命的愉乐：

及时采撷生命的甜蜜；明天呀，

你将是一堆灰、一个影、几句谰言。（佩尔西乌斯）

至于把光荣作为我们的目标，如小普林尼和西塞罗给我们的献议，却距离我的计划很远。与隐逸最相反的脾气，就是野心。光荣和安静是两件不能同睡一床的东西。据我的观察，小普林尼和西塞罗两个人只有臂和腿离开群众，灵魂和意向却比什么时候都更黏着在里面：

龙钟的老朽，

你活着是为取悦人家的耳么？（佩尔西乌斯）

他们往后退只为跳得更远，为要用更猛的力投入人丛里。你们愿意知道他们怎样差之毫厘么？试把两个派别极不相同的哲学家的劝告和他们对比，两个劝告都是写给他们的好友的。一个（伊壁鸠鲁）给衣多明纳（Idoménée），另一个（塞内卡）给卢齐利乌斯（Lucilius）为了劝他们放弃要职与高位，去过隐逸的生活。他们说：你一直到现在都是浮游着，现在来港口死吧。你已经把前半生献给光明了，把这剩下的一半献给阴影吧。如果你不放弃它们的果，想放弃你的事业是不可能的，因此，撇开一切光荣与名誉的操心吧。恐怕你过去的功业照耀你得太厉害，会追随你到墓穴里。把那由别人的赞赏得来的愉快，和其他愉快一起抛弃吧。至于你的学问与才能，别为它们挂虑，只要你值得比它们多，它们是不会失掉其效力的。记住那个当人家问他为什么费许多心血在一种只有几个人可以了解的艺术上，答道："几个于我已经够了，一个也够，不，比一个还要少也够了。"他说的真对。你和一个同伴，甚或你和你自己，便够表演一台戏了。让群众于你等于一个人，让一个人于你就是整个群众。想从暇豫和隐逸取得荣名实在是极可哀的野心。我们应该像野兽一样，在它们的穴口把爪印抹掉。你所应当关心的，不是社会怎样说你，而是你怎样对自己说。归隐在你的自身里，可是先要准备好在那里迎接你自己。如果你不能自我支配便信赖自己，那是疯狂的举动。独处和群居都有失足的机会。除非你已经变成了一个不敢在自己面前轻举妄动的人，除非你对自己既羞惭又尊重——"让高尚的思想充满你的心灵"（西塞罗）——你得常常在心里记住大加图、福基安（Phocion）和阿里斯泰德（Aristides），在他们面前连疯子也要藏起他们的过错的。你要把他们当作你一些思欲的管理人。假如你的思欲逸出了常轨，你对这些人的尊敬就会引它们归正。他们会扶助你走那自足的路，使你无论什么都只向自己借取，使你的心灵归宿在那些有涯际的思想上，在那上面心灵可以自娱。于是，既然认识了真正的幸福——愈认识也愈能享受——之后，使你只有它们便心满意足，不再希望延长你的生命和名誉。

这是真正而且自然的哲学的忠告，而不是小普林尼和西塞罗两人那种炫耀和空言的哲学。

原著第一卷第三十九章

论凭人们的见识来评定真假之狂妄

我们把轻信和容易被人说服委诸愚昧和头脑简单，或者不是没有理由的。因为我从前似乎听说过，所谓信，就是一种印在我们灵魂上的标记，灵魂越软弱越少抵抗力，接受外来的印象也越容易。“正如天平盘承受了重量必定下坠，我们的心灵也让步给明显的证据。”（西塞罗）灵魂越空虚越缺少平衡力，越容易受了第一次劝导的重量便坠下来。这就是为什么小孩、民众、妇女和病人的耳朵最软，最易被人播弄了。但是，在另一方面，贸贸然把那些我们觉得未必然的事物轻蔑和判定为虚假，也是一个愚蠢的傲慢。这是一般自以为比常人高明的人的普通毛病。

我从前就是这样：一听到人家谈起回魂、预兆、魔术、巫觋，或一些我无法相信的故事，

> 梦幻、符咒、奇迹、魔法，
> 夜游的鬼和铁沙腊的恫吓。（贺拉斯）

便马上悲悯那些为妖言所迷惑的人。现在呢，我觉得自己至少也和他们一样可悲悯，并不是经验后来曾经给我看见什么超越我最初的信念的东西，也不是我缺少好奇心。但理性启

迪我，这样武断地判定一件事为虚假和不可能，就等于想象我们有权去知道上帝的意志和我们大自然母亲力量的界限。而世界上再没有比用见识和能力的法则来绳度这些事物更昭彰的狂妄了。如果我们把“怪诞”和“奇迹”一类的名词加在那些超越我们理性的事物上，那该会有多少这类事物不断地显现在我们眼前！试想一下，经过了多少的云雾和怎样的摸索，我们才被引导到现有的大部分事物的知识上来。当然，我们会发觉，与其说是知识去掉它们的奇怪的面目，毋宁说是习以为常：

我们厌倦了的眼睛，
不再惊羡天上光明的殿宇。（卢克莱修）

我们还会发觉，如果这些事物第一次呈现，我们将觉得它们和别的事物一样不可思议，甚或更加不可思议，

如果它们今天方莅止，
如果它们的存在骤然
在凡夫们的眼前显现，
我们将觉得没有什么更神奇，

或有什么更不合常理。(卢克莱修)

一个从未看见过河流的人，初次遇到一条河，可能以为是大海。我们所认识的最大的东西，我们便断定它是大自然在这方面所能做到的极端：

一条河无论怎样小，对于那
未见过更大的河的人便显得大；
人和树也一样；每件东西
如果凡夫看见它出类拔萃，
便想象它是浩荡无比。(卢克莱修)

眼睛看惯了，心灵也习以为常。我们不赞羡常见的东西，也不去寻求究竟。(西塞罗)

鼓励我们去寻根究底的，与其说是事物的伟大，毋宁说是它们的新奇。

我们评判事物，必须带着对于大自然的无边法力的更大虔敬，以及更深切承认自己的愚昧和弱点。多少可能性极少的事物，为一些忠厚可靠的人所证实，即使我们仍不信服，至少也得把它们当作悬案。因为，断定它们不可能，便等于带着鲁莽的臆断去自命知道可能性的界限。如果我们认清不可能和不寻常的差异，认清反自然普通秩序和反常人一般意见的差异，不鲁莽地相信，不轻易不信，我们便遵守了开隆（Chilon）这句格言："没有什么是过分的。"

我们在法华沙尔（Froissart）的《纪年》（*Annales*）里，读到佛华（Foix）伯爵身在比安，却第二天便知道卡斯蒂利亚的约翰一世（Jean Ier de Castille）在阿胡巴罗达城之败[1]，还有他自述得到这消息的方法，我们可以嘲笑他。另一件事，我们的《纪年》说，洪诺留三世（Honorius Ⅲ）教皇在腓力二世王（Philip Ⅱ）死于芒特那一天，公开举行他的殡礼，并命令全意大利同时举行，我们同样可以嘲笑他。因为这些证人的权威或许不足以说服我们。但怎么！普鲁塔克除了他所引用的几个古代的榜样以外，告诉我们他很确凿知道在图密善（Domitien）时代，安东尼（Antonius）在那距数日路程的德国战败的消息，当天便在罗马公布并传播于全世界。恺撒声称消息常常早于事实，难道我们会说这些人像俗人一般受骗，因为他们没有我们那么明察么？还有，如果老普林尼运用他的判断力，还有比他更清楚、更锋锐、更明察秋毫的么？还有比他距离虚荣心更远的么？且别提他的过人学识，我并不看重这个，在上述两方面，我们有什么比他强的呢？然而没有一个小学生，无论怎样年轻，不可以指证他的荒诞，或在自然进展史上教训他的。

当我们在布谢（Jean Bouchet）的书里读到那关于圣希拉尔（Saint Hilaire）圣骨的种种奇迹，随它去吧，因为作者的名望并不足以阻止我们不信他。但是把那些相类的故事全盘否认，我就觉得未免太鲁莽了。那伟大的圣奥古斯丁证实他亲眼看见一个瞎了眼的小孩，在米兰的圣热尔维（Saint Gervais）和圣普鲁太士（Saint Protais）的圣骨上恢复了他的视觉。在迦太基，一个患毒瘤的女人受了一个新受洗礼的女人画了一个十字而得痊愈。圣奥古斯丁的知交赫士柏里乌士（Hesperius）用了我们主耶稣墓上一撮土把那骚扰他家的鬼赶跑，而这撮土后来被移到礼拜堂去，一个疯瘫的人马上给治好了。一个在进香队里的女人，用花球触着圣埃蒂安（Saint Étienne）的神龛，然后拿来擦她的眼，恢复那久失去的光明，以及许多他说亲眼所见的奇迹。我们将控告他和那两个请来作证的圣洁的主教奥勒里乌士（Aurelius）和马思米奴士（Maximinus）什么呢？难道是愚昧、头脑简单、轻信、恶意或欺诈么？我们今天有没有人冒昧到以为，无论在德性和虔敬上，或在学问、判断和见识上，可以和他们相比

呢？“这些人，即使他们不陈述什么理由，单是他们的权威便足以说服我了。”（西塞罗）

轻视我们所不能拟想的事物，实在是一个极危险、影响极大的傲慢。且别提它所包含的可笑的冒昧，因为你既用你的优美的理解力来划定真假的界限之后，你发觉不得不相信那些比你所否认的事物更奇怪的东西，你已经逼自己去打破这些界限了。现在，在这宗教纠纷的时代，那把许多不宁带给我们良心的，我觉得就是那些天主教徒们对于信仰的局部放弃。当他们把争执中的一部分信条让步给敌人的时候，他们自以为和平及开明。但是，他们没有看到，开始让步和退后会给予进攻的人什么利益，以及对方将怎样受了这鼓励而步步进逼。除此之外，他们视为最无关大体的信条，有时竟极端重要。我们要不是完全皈依我们宗教制度的权威，便应该完全抛弃它，并非由我们决定哪一部分我们应该服从。

不仅如此，我还可以根据我的经验来说。从前我曾经滥用过同样的自由来为自己挑选，忽略了我们宗教仪式里那似乎太奇怪或太无意义的某几点。当我偶然和一些学者谈及的时候，我发现这些事物实在有着一个确定和牢固的基础，只因为我们愚昧和孤陋才没有那么尊重罢了。我们为什么不记得，在我们的判断力里也有不少矛盾呢？有多少事物昨天还是我们信仰的中心点，今天已经变成了无稽之谈了呢？虚荣心和好奇心是我们灵魂的两条鞭子。后者驱赶我们把鼻子放在一切东西上面，前者禁止我们留下游移不决的东西。

原著第一卷第二十七章

注释：

1 阿胡巴罗达城之败，战役发生在葡萄牙，佛华伯爵身处法国，消息在公布十天后得到证实。

我们怎样为同一事物哭笑

我们在历史上读到，安提干奴士（Antigonos Ier）对他儿子生气，因为他儿子把敌人皮鲁士（Pyrrhus）王的头献给他，那是刚才和他作战被杀的，他一看见这头便呜呜地痛哭起来。洛林公爵勒奈（René Ⅱ）也哀哭刚才被他打败的布艮尼公爵查理（Charles Le Téméraire）之死，并且为他的殡仪戴起孝来。在奥莱（Auray）之战，蒙弗尔（Jean de Monfort）伯爵战胜了和他争夺布列塔尼公国的布洛瓦（Charles de Blois）之后，那胜利者看见敌人的尸首竟禁不住悲伤起来，——我们用不着马上喊道：

> 就是这样，我们的灵魂用种种
> 不同的幕蒙住它秘密的冲动：
> 悲哀时显得快乐，快乐时悲哀。（彼特拉克）

当人把庞培的头献给恺撒的时候，历史书说他把脸扭过去，仿佛看见了一件丑恶不堪的东西一样。他们两者之间既然在政府事务有过一个这么长期的谅解与共事，又有过那么多的共同的患难与安乐，那么多的互助与同盟，我们决不要以为这表情完全是虚伪和造作，像另一位诗人所说的：

当他自知从此可以高枕无忧，
便任他的眼泪尽情畅流，
又从那充满了快乐的心，
迸出了一声呜咽与呻吟。（卢卡努斯）

因为，虽然我们大部分的行为的确只是粉饰和面具，并且

财产继承人的欢笑隐藏在眼泪里。（史路士）

这句话有时很对，我们在评判这些情节的时候，总不能不考虑到我们灵魂怎样常常给各种不同的情感所激荡。据说我们的身体里面藏着无数相反的情绪，其中那依照我们的禀赋最常占优势的为主宰。同样，我们灵魂虽然为各种冲动所震撼，其中必有一个常常主宰着这一境域。但是由于我们灵魂的柔顺善变，这统治占的优势并非绝对到那些柔弱的情感不会间或施行猛攻，而且暂时占优势。因此我们不独看见那些天真烂漫的顺着天性的小孩常常为了同一件事又哭又笑，就是我们当中，没有一个人敢夸口，无论他旅行的心情怎样殷切，在离别家人和朋友时不感到他的勇气多少有点摇动，即

使没有真的哭出来，上马的时候总不免带着一副忧郁和沮丧的神气。还有，无论那燃烧着一个大家闺秀的心的火焰是怎么温和，人们总得硬把她从母亲的颈脖拉开，交给她的丈夫，任凭这位好伴侣怎么说：

新婚的妇人难道讨厌维纳斯？
还是她们想欺骗父母的欢心，
在洞房的前夕假装泪流沾襟？
不呀，我敢指着一切神明发誓，
这绝望，这眼泪，一切都是虚情！（卡图卢斯）

所以哀哭那我们并不想他生存的人的死没有什么稀奇的。

当我骂仆人的时候，我使尽劲去骂他，我的咒骂是真实而非矫饰的。但当怒气过去之后，如果他需要我帮助，我很愿意帮他，我马上就翻开另一页了。当我称他为蠢材、为笨牛的时候，我并没有意思把这些衔头永远贴在他身上。当我一刻钟后称他为老实人的时候，也并不以为我推翻前言。

没有一种品性纯粹地普遍地盖过我们的。如果不因为自言自语令我们看来像一个疯子的话，我就承认几乎没有一天我不听见自己呼喝自己道："可恶的傻子！"但我并不以为这是我的定义。

谁看见我对待我太太时而冷淡，时而殷勤，想象其中一个态度必定是假的，他就是个蠢材。尼禄打发他母亲去溺死，但当他和母亲告别的时候，依然受这母性的辞别所感动，激起一种恐怖与悲悯的情绪。

据说太阳的光并不是一片的，但那么不断地放射出一条一条稠密的光线在我们身上，以致我们分辨不出来：

> 滔滔不竭的光明的源泉，
> 太阳用它的新生的光华
> 不断地泛照着万里的长天，
> 时刻在交换着璀璨的光线。（卢克莱修）

同样，我们的灵魂也不知不觉地放射着各种光辉。

亚尔塔班奴士（Artabanus）无意中发觉他的侄子泽尔士神色有异，责骂他为什么变得那么快。泽尔士那时正观看他的浩大军队，横渡赫勒斯蓬海峡去讨伐希腊。他看见这千军万马都受他指挥，最先产生一阵快乐的颤栗，在他那充满了喜悦和得意的眼里透露出来，但他同时忽然想起这许多生命都要枯死，至多不过一个世纪，又皱起眉头，伤感到潸然泪下。

我们曾经用坚决的意志去雪耻，并且在胜利的时候感到一种特殊的满足，可是我们竟不禁哭起来。我们并非为此而哭，情势并没有丝毫改变。不过我们心灵用另一只眼观察这事，并且想象它在另一种面目之下罢了。因为每事每物都有几个棱角，放射出几道光来。血统、旧交和友谊抓住我们的想象，依照它们的景况当时很热烈地影响它，但转变得那么快，我们无从捉摸：

当我们的心灵运筹和施行，
有什么能够比得上它神速？
所以它的移动、转易和变更
远胜一切肉眼可见的事物。（卢克莱修）

为了这缘故，我们想把这种种交相承续的感情联为一体，实在是大错误。当蒂莫里安（Timoléon）哀哭他那经过了高贵的深思熟筹才下手的暗杀[1]，他并不是哭国家重新获得自由，也不是哭那专制魔王，而是哭他的兄弟。他已经尽了义务的一部分了，我们且让他也尽其他一部分吧。

原著第一卷第三十八章

注释：

1　蒂莫里安是古希腊民主政治家，他亲自参加了以火焚死其长兄科林斯僭主蒂莫芬尼（Timophane）的暗杀，事后隐居多年。

论人与人之间的不平等

普鲁塔克在某处曾说，他以为兽与兽之间的距离没有人与人之间的那么远。他说的是灵魂的完美和内在的品质。其实我觉得我所想象的埃帕米农达和我所认识的某些人——我的意思是指那些具有常识的人——之间有着这样的距离，以致我比普鲁塔克更进一步，说某人和某人之间的距离比某人和某兽之间的还要远；

> 神呵，一个人怎样地超越于另一个人呀！
>
> （泰伦提乌斯）

而且心灵上的阶级比这里和天空之间的丈数一样多，一样不可数计。

但是，关于人的估价，真是奇怪，除了我们自己，没有什么不是以本身的品质为标准的。我们赞美一匹马因为它的力量和快捷，

> 我们赞美那神速的骏马，
> 它常常毫不费力便获胜，
> 从万头攒动的观众中，

迸出一阵阵喝彩的掌声。（尤维纳利斯）

而不是因为它的装具。一条猎狗因为它的敏捷，而不是因为它的颈圈。一只鹰隼因为它的翅膀，而不是因为它的足套和铃铛。为什么我们不一样地根据人的本身的价值而看重一个人呢？他有一大队扈从、一座美丽的宫殿、这么大的势力、这么多的收入，一切都是环绕着他身外，而非在他身内。你不买一只在口袋里的猫。如果你买一匹马，你把装具挪开，要它赤裸裸没有遮掩，或者，如果照从前王子买马的办法，那被遮掩着的只是不那么重要的部分，以免耗费你的钦羡在它美丽的色泽和圆壮的臀部上，而全神专注它的腿、眼和脚这些最有用的部分上：

这是王子们的习惯：
他们不买赤裸裸的马，
为的是怕受它的圆臀、
短头和阔胸所欺骗，
忘记了它还有着
蹒跚的腿和柔软的蹄。（贺拉斯）

为什么，估量一个人，你估量他时完全包围和蒙蔽着的呢？他只对我们显露那些完全不属于他的部分，把那些我们借以给他一个真确的评价的部分藏起来。你所想知道的是剑的价值，而不是剑鞘的价值。如果你把剑抽出来，也许会觉得一文不值。你得要由他本身来评判一个人，而不是由他的衣饰。正如一个古人很诙谐地说："你知道为什么把他看得很高吗？因为你连他的木屐也算在内。"台座并非雕像。试量度他不连带他的高跷，让他撇开财富和尊荣，只穿着衬衣出来，他的身体足以胜任他的职务吗？强健而且活泼吗？他有一个怎样的灵魂？它是美丽、能干，而且很恰当地具有各部分吗？它本身高尚，或是因别人高尚？命运和它有无关系呢？它是否睁大眼睛面对刺来的剑呢？它关心不关心生命从何处离开，从口或从颈喉？它是否宁静、和平及快乐？这是我们所当考虑，并且借以判断那我们之间的极端差异。他是否

那随时可以自主的哲士——
不怕贫困，锁链和死亡？
能否不希冀外来的尊贵，
抑制自己的热情与欲望？

完全，自我集中，毫无惧心
去面向生命的转变与顺逆——
岂止，带着坚定的灵魂
去抵抗命运最凶恶的打击？（贺拉斯）

一个这样的人实在高出于王国和公国五百倍，他自己就是一个帝国了。

真正的哲士
是自己幸福的主人。（普劳图斯　Plaute）

他还企求什么呢？

你可不看见
就是大自然又惶惶何所求？
如其不是一个苦难的身
和一颗超脱了烦忧的灵魂？（卢克莱修）

试把他比我们一般人类：愚蠢、堕落、奴性、无恒、不断地在各种不同的热情的风浪中浮沉和飘荡，并且完全倚靠别人，其间的距离真是比天和地还要远。但是我们受习惯蒙蔽得那么厉害，以致我们毫未感觉到。一看见一个农夫和一个国王，一个贵族和一个奴隶，一个行政官和一个老百姓，一个富翁和一个穷人，一种极端的差异便立刻出现于我们眼帘，虽然照某种说法，他们的不同只是在裤子上面而已。

在色雷斯，国王和百姓的区别方法极其奇特可笑。国王自己另有一个宗教，一个不许百姓崇拜的神，就是众神信使。他指定战神、酒神和月神为百姓的神。

其实这些都不过是画上的衣冠而已，并没有丝毫实际的分别。

因为，像那些演喜剧的人一样，你看见他们在舞台上扮成公爵或皇帝的样子。但是，霎时后，你又看见他们变成可怜的奴仆和脚夫了。

同样，那皇帝，他的辉煌在公共场所使你头晕目眩的：

璀璨的黄金上
镶着累累的碧玉，
他长年穿着
那被淫荡的汗渍透的
海青色的袍。（卢克莱修）

试在帷幕后看他，不过是一个平常人而已，而且，说不定比他最微末的百姓还要卑鄙哩。“哲士的幸福在自己里面，另一个的幸福却只在表面上。”(塞内卡)

懦弱、游移、野心、怨恨和妒忌扰乱他的心正和别人一样：

> 国库的宝藏
> 不能镇定心灵的操劳；
> 公使的节钺
> 也不能驱逐
> 那在华邸下飞翔的烦恼。(贺拉斯)

恐怖与忧虑在戎伍中抓住他们的喉：

> 恐怖与忧虑，和人类并存，
> 既不怕闪亮的武器与戈矛，
> 也一样光临王公们的心，
> 它们并不尊重黄金的显耀。(卢克莱修)

发烧、头痛和风湿难道对他们比对我们宽容些么？当老年坠在他肩膀上，侍卫他的弓箭手能够帮他卸除下来吗？当他被死亡的恐怖弄麻木的时候，侍臣在场又能镇定多少？当他在妒忌和任性的心情里的时候，我们的觐礼能够使他和平么？缀满金银和珠宝的床帷，没有丝毫能力去解除一场绞肠痧的尖锐的痛苦：

并不因为你穿着大紫袍，
或在锦绣的毯子上打滚，
发烧会离开你得更早，
比起你在破床上呻吟。（卢克莱修）

那伟大的亚历山大的谄媚者令他相信他是宙斯的儿子。一天，他受伤了，眼望着血从伤口汩汩地流出来，他说："好，你们现在怎么说呢？这可不是鲜红的纯粹的人血么？并不是荷马告诉我们的那从神的伤口流出来的血呀。"诗人赫尔摩多路士（Hermodorus）写了一首诗贺安提干奴士，称他为太阳的儿子，但他抗议说："那倒马桶的知道很清楚完全没有这么一回事。"

无论怎样说，他只是一个人，如果他出身卑贱，全宇宙的帝国也不能补救他。

让少女飞去欢迎他的微笑，
让玫瑰花在他的脚下开放！（佩尔西乌斯）

这又有什么呢，如果他的灵魂粗鄙和愚蠢？没有精力和头脑，就是快乐和幸福也感觉不到的。

一切事物的价值，
皆得自它们主人的心灵；
对于善用的，它们是祝福，
不善用它们便变成咒诅。（泰伦提乌斯）

命运的一切祝福也得有准确的感觉才能够玩味。使我们快乐的，是享受它们，而不是把它们占有：

无论屋宇、田地、铜山和金堆，
也不能驱逐主人的忧虑，
或熄灭发烧的头的火焰。
健全的心灵和健全的身躯，
是享受财产的唯一条件。
对于那常怀惧心的懦夫，

或一个人贪得无厌，一切
财富都等于彩画的颜色
对于一个烂眼的人，或药水
对于一条患风湿的腿。（贺拉斯）

他是傻子，他的舌头愚拙和蠢钝，他不能享受他的财产正不亚于一个伤风的人不能欣赏希腊酒的醇芳，或一匹马不能欣赏那装饰它的马具。正如柏拉图所说，健康、美丽、力量、富裕，以及一切我们称之为财富的东西，对于恶人是恶，不减于对于善人是善一样。反之，恶的事物亦然。

而且，当身心都在恶劣的境况里时，这些外在的舒服有什么用处呢？既然一颗最轻的刺戮或灵魂最微弱的痛楚，便足以剥夺我们做全世界的至尊者的快乐。只要风湿症的痉挛一起，无论他大人或陛下都是枉然，

全披着金，全披着银。（提布卢斯）

他不也忘记他的宫殿和尊严吗？如果发脾气，他的王位可以使他不脸红脸青、咬牙切齿吗？现在，如果他是个天资聪颖和敏捷的人，即使贵为至尊也不能更增加他多少快乐：

只要你的脾胃强壮，
两腿敏捷，胸膛宽敞，
国王的富贵便不能更增加
你的幸福与安康。（贺拉斯）

他就要知道这一切都不过是陷阱和幻象。岂止，他或许就会同意西流古（Seleucos）的话："如果一个人知道王笏有多么重，当他看见它在地上，就不会去低头把它拾起来。"他是想起那降在一个贤主身上的重大责任。

真的，治理一国并不是小事，既然自治已经够艰难了。至于发号施令，虽然看来是这么惬意，只要想起人类判断力的愚懦，以及选择新事物之困难和没有把握，我深信追随比领导容易得多，也舒服得多。而且只要守着常轨，只为自己负责，对于心灵是极安闲的。

静静地服从，岂不胜似
包揽大权，和拥有天下？（卢克莱修）

再加上居鲁士二世这句话："没有人是适宜于统治的，如果不贤于他所统治的人。"

但在色诺芬的书里，希路王（Hiéron Ier）更进一步说：“对于快乐的享受，国王不及私人，因为予取予携很容易，把我们在那里面所找着的甜酸刺激全剥夺了。”

太热烈太幸福的爱终会使我厌倦，
正如可口的食品损害我们的脾胃。（奥维德）

你以为唱歌队里的儿童在音乐里找到很大的乐趣吗？其实餍足已使他们觉得烦腻了。宴会、跳舞、化装舞和竞技只对于那因罕见而想见识的人有趣罢了，对于那把这当作家常便饭的人便变为陈腐讨厌了。妇女们也不能使那任意享受她们的人产生快感。谁不给自己有口渴的机会，谁就不知饮水的快乐。我们觉得卖艺人的把戏很逗乐，但对于他们却是苦工。这情形，我们可以从王公大人的消遣看出来，对于他们，能够有时打扮为平民和屈就平民的卑贱生活，就是最大的盛宴。

王公们喜欢变换：
清净的桌，简单的馔，
没紫袍也没绣垫，

陈设在贫民的茅舍间，

常常展开他们的愁颜。（贺拉斯）

再没有比丰富更累赘更讨厌的。眼望三百佳人任你为所欲为，像土耳其王一样，什么欲望不生厌呢？他那没有七千只鹰相随就不去狩猎的祖先，究竟保留着怎样的佃猎的兴味和面目呢？

不仅这样，我相信这光彩的堂皇带了不少的不便给那最温柔的享受，大人们太显赫、太为众目所视了。不知为什么，我们期望他们掩饰他们的错误实在比期望别人多些。因为，那些在我们身上只是失于检点的事，在他们身上百姓便看作专制、轻蔑和犯法了。而且，除了看到他们对于恶的倾向，还看到他们似乎在侮辱和蹂躏公共法制上得到一种附加的快乐。真的，柏拉图在他的《高尔吉亚》（*Gorgias*）里，把暴君解释为一个在一座城里有为所欲为的自由的人。为了这缘故，恶行的公开暴露比较恶行本身更易获罪于人。每个人都怕被人窥探和监视，大人们连思想和行藏都在众目共视之下，每个百姓都觉得有裁判他们的权利。何况污点因了他们所在的地位的昭彰而被放大，正如额上的痣或疣比任何地方的疤痕都显著一样。

因此，诗人们想象宙斯的爱事是在各种装扮下举行的。在加给他的一切爱情的奇遇中，我觉得似乎只有一次他现身于他的尊严与堂皇里的。

但是让我们回到希路吧。他也告诉我们他当国王所感到的种种不方便：不能自由到处游荡和旅行，像囚徒一般被关禁在他的国境里，以及觉得自己一举一动都受一大堆骚扰的群众注目。真的，眼见我们的国王独自一人在桌上，给许多说话和旁观的人包围着，我私心里怜悯他们实在多于妒忌。

亚尔风素（Alphonso）王说，在这一点上，驴子也比国王好些：它们的主人让它们安然吃草，而国王却不能从他们的仆人取得这恩惠。

我永远不能想象在一个聪明人的生活里，被二十个人监视他坐马桶是一个什么便利。或者得到一个有一万镑进款，或曾经攻取迦沙勒（Casal）或守护西恩纳（Siene）的人的服侍，会比一个富于经验的好马弁更方便、更洽意。

王子们的优越几乎是些幻想的优越。每一阶级的运气都有和国王的地位相仿佛之处。恺撒称当时法国一切掌生杀权的贵胄为小王。真的，除了“陛下”这衔头，他们和国王相差无几。试看那些离宫廷很远的省份，譬如布列塔尼，一个幽隐而且守家的侯爷，在奴仆中长大，扈从、百姓、侍卫、活动、侍奉与礼仪，又试看他的想象力如何飞翔，还有比这更富于至尊的气概的吗？他一年只听见人提起他的主子一次，正如听人说及波斯的国王一样，而且只由一种他的秘书记载的姻戚关系承认这主子。其实我们的法律是够自由的了，皇室的重量触着一个法国贵胄的一生不到两次。我们当中真正的服从的人，只关系于那些愿意接受这样的服务和喜欢由此取得富贵利禄的人罢了。对于那甘心在自己的家园里过幽暗生活，而且懂得治理家务没有纠纷和官司的人，他和威尼斯公爵一样的自由。“奴役握住很少的人，许多人却紧握着奴役。”（塞内卡）

但希路特别着重他被剥夺了那友谊和社交（人生最甜蜜最完美的果）这事实。因为我怎能够从一个一切权力（无论愿意与否）都倚靠着我的人获取挚爱与善意的表示呢？我可以把他那谦逊的言词和恭敬的礼貌算数吗，既然他没有权力拒绝这样做？我们从那些畏惧我们的人得来的尊崇并非尊崇，这些恭敬是献给王权的，而不是给我的：

王权的最大的优点，
就是人民不独要忍受，
还要歌颂暴君的行为。（塞内卡）

我岂不看见暴君和贤主，一个受人憎恶，一个受人爱戴，得到同样的尊崇吗？同样的华服、同样的礼节供奉着我的先辈，正和我的承继人一样，如果我的百姓不冒犯我，这并不足以证明他们对我的好感：我为什么这样看法呢，既然他们即使想这样做也不能？没有人追随我是为了他和我之间的友谊的，因为这么少往来和意气相投断无联结友谊之可能。我和别人之间的不平等和不相称太大了。他们的服从只是一种姿态和习惯罢了，与其说是献给我不如说是献给我的幸运，借以增加他们的幸运。他们对我所说所做的都不过是敷衍。他们的自由既然四方八面都给我那驾驭着他们的大权所禁制，我在我周围看见的只是掩饰和面具。

朱里安（Julien）皇帝的朝臣有一天赞颂他治国公正。他说："如果这赞颂来自那些当我行为不当时敢贬责或不赞成我的人，会令我骄傲到膨胀起来。"

王子们所享受的真正利益，中产的人都可以分享（骑飞马食仙果是神的事），因为他们的睡眠与食欲和我们无丝毫差异。他们的利剑比较我们所用的并不见得质地更优良，他们的冕旒并不能避日和遮雨。戴克里先（Diocletian）戴着一顶那么受人崇敬和幸运的冕旒，竟抛弃它归隐，去享受个人生活的快乐。不久以后，政事紧急，要他去重握政权，他回答那些催驾的人说："你们如果看见我亲手在家里所植的树的美丽的秩序，以及我在那里所种的甘美的甜瓜，你们就不会试来说服我了。"

根据阿那卡西斯（Anacharsis）的意见，最完美的政体就是根据善行决定优先权，根据恶德决定摒弃，其余一切相等。

当皮鲁士王企图去侵略意大利的时候，他的贤智的枢密官洗尼亚士（Cyneas）想使他意识到他的野心之虚幻，问他道："主呵，你伟大的企图有什么目的呢？"他立刻答道："为要入主意大利。"洗尼亚士接着问道："这样做了之后又怎样呢？"皮鲁士说："我要侵伐高卢和西班牙。"——"那以后呢？"——"我要征伏亚非利加。到末了，当全世界都俯伏在我脚下的时候，我就安心休养，以享余年了。"洗尼亚士于是反驳道："为上帝的名，主呵，告诉我究竟为什么你不从此刻起，如果你愿意，就做到这层呢？为什么你不立刻置身于你说要做到的境地，免掉你投入两者之间的许多工夫和许多冒险呢？"

因为，他并不知道欲望的界限，
并不认识真正快乐的止境。（卢克莱修）

关于这层，我要引用这句我觉得特别美的诗作为小结：

每个人的性格创造自己的命运。

（奈波斯　Cornélius Nepos）

原著第一卷第四十二章

此利即彼害

雅典人德马特（Demadès）把一个经营殡仪的邑人定罪，理由是他索利过多，而这利又只靠许多人的死才获得。这裁判似乎不大合理，因为没有不损人而能获利的，而且照这样看法，一切赢利都要受惩罚了。

商人只靠青年人的浪费才兴旺；农夫靠麦贵；营造家靠房屋倒塌；法官靠诉讼和人们的争执；甚至牧师的尊荣和任务也得靠我们的死亡和罪恶；没有医生欣幸别人（即使是自己的朋友）的健康的；古希腊一个喜剧家说，也没有欣幸他本城治安的兵士；其余可以类推。尤甚的是，假如各人抚心自问，就会发觉他的最亲切的愿望大半是靠损害别人而产生和养育的。

鉴乎此，我不禁幻想到大自然在这点并不违背它的普通政策，因为根据一般自然哲学家的主张，每件事物的诞生、养育和发展，便是另一物的改变与腐烂：

> 无论何物的变更或迁化，
> 刚才还生的此刻已死了。（卢克莱修）

原著第一卷第二十二章

初刊一九三八年十二月十日香港《星岛日报·星座》一三二期

巴士卡尔

随想录（节选）

当我们要责备得有用处，对别人指出他底错误，我们得要观察他从哪一方面看这件事，因为从那方面看它通常是真的，对他承认这真理，然后把它所以错的一方面指给他看。他便觉得满意，因为他知道他并不错误，不过没有看到各方面罢了；而人见不尽不切是不会生气的，但不甘心做错；这或者由于人自然不能见尽一切，并且自然不能在他所审视的那方面做错；比方官能底体会永远是真的。

初刊一九三五年十月六日天津《大公报》文艺副刊

当我们看见自然的风格的时候，我们不胜惊讶和喜悦，因为我们只期望看见一个作家，却找着一个人。反之那些趣味高尚的看见一本书便以为找着一个人，却很诧异地去找着一个作家：Plus poetice quam humane locutos es（你以诗人底资格多于以人底资格说话）。这些人可谓是自然底光荣，因为它可说及一切，甚至神学。

（注）蒙田曾经说过："如果我是行家，我会将艺术自然化，正像他们将自然艺术化一样。"巴士卡尔在这断片里发表他对于文学作品评价底标准。对于他，艺术底极致是自然和亲切——自然和亲切到似乎是人与人底密谈，而非读者与作家间的访问。在一意识上，巴士卡尔这思想是极精辟确切的。但是我们不要忘记，还有一种是完全脱离作者而独立的，做到极处，使读者看不见人，也忘了作家，单是作品底自身便可以自足。荷马底史诗，莎翁底剧本，嚣俄底《历代的故事》，《红楼梦》等都是属于这一种。

初刊一九三五年十二月一日天津《大公报》文艺副刊

我们用来证明其他事物的例，如果我们要证明这例，我们就会又用其他事物为例；因为，我们常常都以为难处在我们所要证明的事物上，于是便觉得例比较清楚和可以帮助我们说明。

譬如，当我们要说明一件普通的事物时候，我们就得举出一个实例底特殊规律；但是如果我们要说明一个特殊的实例，我们就得从普通的规律着手。因为，我们总觉得要证明事是难解的，用来作证的事物是清楚的；因为，我们要说明一件事的时候，我们先自充满了一个这样的想象：“这事是难解的”，而，反之，“那要作证的事是清楚的”，所以我们便很容易了解它。

初刊一九三五年五月十七日天津《大公报》文艺副刊

鲁易斯

女神的黄昏

一　吉祥的黑暗底歌颂

什么都模糊了。垂垂欲坠的新月下，隐约地还有一个婀提眉司[1]（Artémis）在群星闪烁的黑枝后猎着。

绿草蒙茸中，四个哥林多[2]女人（Corinthiennes）卧在三个少年身边。别的都说完了话之后，剩下那一个女的也不知还敢不敢继续说下去；时间是这般寂静。

故事只宜于白天里讲。黑影来了，人们便不愿意听那荒诞的声音，因为飘忽的心灵安定了，只喜欢和自己悄悄地谈心。

躺在草上的女人已经各有各底知心伴侣。她们都默默地依照她们幼稚欲望底真相创造她们情郎底美媚。可是她们都睁开眼了，当那严肃的迷郎特利安开始说这些话的时候：

"我要把那住在欧罗达斯[3]（Eurotas）河边的年轻的水神与天鹅底故事说给你们听，那是歌颂那吉祥的黑暗的。"

他把头抬起了一半，一手支持在乱草里，低低地讲述以下的故事。

（一）

那时候，路上既没有坟墓，山上也没有庙宇。

人类差不多还没有存在：也没有谁说及他们。大地任众神逍遥，而且常常产生些妖异的神灵。伊琪娜德在这时候诞生时昧儿[4]（Chimère），巴斯华意也在这时候诞生密哪驼儿[5]（Minotaure）。小孩们在林中颤栗变色，因为常有蛟龙飞翔着。

这时候，在欧罗达斯河潮湿的两岸，林木阴翳，参天蔽日，住着一个非同寻常的女孩，淡蓝如静夜，神秘如瘦月，婉丽如银河，所以人们叫她“丽达”。

她真是几乎全身都是蓝色，因为蓝芝花底血流在她底脉管里，正如蔷薇花底血流在你们底脉管里一样。她底指甲蓝于她底手，她底乳房蓝于她底胸，她底肘和膝可就完全蔚蓝了。她底嘴唇闪着她碧波一般的眼睛底颜色。至于她飘散着的柔发呢，它们是黝蓝如黑夜底太空，纷披在她底双臂上。于是她便好像插着双翅一般了。

她只爱水和夜。

她最大的愉乐，就是缓步于两岸给浅水浸着却看不见水的绒绒草地上。当她赤着脚这样暗暗地浸润着的时候，她感到一种幸福的寒颤。

因为她从不在河里洗澡，怕的是那些水神们的妒忌，而且她也不愿意把她底躯体完全献给水。可是她多么爱微微地浸润着呵！她把发端披散在急流里，然后把它缕缕地黏在她底嫩滑的柔肌上。要不然，她就从河中掬取一勺清凉放在掌心，让它从她底年轻的胸怀一直流到丰圆的腿罅深处。更不然，她就俯身伏在湿漉漉的青苔上，在水面轻轻地吸饮，像一只沉默的牝鹿一样。

这样就是她底生活。她也不时想起那些淫荡的山精。他们有时偷偷走来，但立刻便惊恐逃走了。因为他们以为她就是孚比[6]（Phoebé）很严酷地对付那些窥见她裸着体的人的。倘若他们走近一些，她也许情愿和他们谈话。他们底形状和姿态都使她充满了无限的惊愕。有一夜大雨滂沱，地面全变成川流了，她徘徊在幽林里，偶然切近地看见一个山精酣睡着；可是又轮到她害怕起来了，马上逃回去。从此，她久不经过那里，心中思虑着她所不明白的东西。

她也开始顾影自盼了，觉得她自己异常神秘。在这时期内，她变得格外伤感，常常把她底柔发掩面啜泣。

当夜色清明的时候，她临流自照。有一次，她以为不如把她飘散着的头发捆在一起，露出她底颈背来，因为用纤手去抚摩时觉得它十分柔美。她折了一根幼韧芦苇把青辫束起来，又采了五张大的水叶和一朵惨淡的白莲织成一个花圈低垂着。

起先她很得意地徜徉着。但是并没有谁注意她，因为她独行无侣。于是她觉得凄凉起来，不再和她自己游戏了。

可是她底心灵虽还茫昧无知，她底肉体早已期待着天鹅底拍翼了。

（二）

一夕，她微微醒来，正想重温旧梦，因为淡黄色的白昼长河还在夜底幽林后面熠耀着。

她忽然听见邻近的芦苇丛中一阵猝缭的声音，继着便是一只天鹅翩翩地走出来。

这美丽的鸟儿是妇人一般白，光一般绯红，暮云一般璀璨。他缟素的形骸，他潇洒的风姿，都使人想起正午底晴空，所以人们叫他“朱而士”。

丽达凝神望着，他且行且飞地走来。他远远地在她底四周旋转着，又从旁把她注视着。

当他越行越近的时候，他举起他那双又红又大的掌，尽量伸长他轻盈如浪的颈，从她底淡蓝的膀儿一直伸到腰下幼滑的褶纹。

丽达愕然的双手轻轻地捧住那小小的头，殷勤抚弄着。

鸟儿全身底羽毛都抖战起来了。他用他那幽深而绵软的双翼紧紧夹住她赤裸的腿，使它交叠起来。丽达便倒在地上了。

于是她拿双手紧盖住她底眼，没有恐怖，也没有羞怯，只感到一种不可言喻的愉快。她底心怦然疾跳着，胸儿慢慢地涨起来。

她不知道结果怎么样。她也不去猜那结果究竟会怎么样。她一些儿也不明白，甚至她为什么这样快活她也不明白。她只觉得两臂间天鹅底颈底温柔。

他为什么会来呢？她究竟干了些什么使他来呢？为什么他不像河上别的天鹅，或林中的山精一样逃避呢？自从她有记忆以来，她是独自一人住着的。她也没有许多字来供她深思远虑，但今夜底遭遇是多么令人怅惘呵！……这天鹅……这天鹅，她并没有呼召他，也从不曾见过他，她只沉睡着而他竟来了。

她也不再敢看他，她只静静地卧着，恐怕把他吓走的缘故。她火热的双颊感到拍翼底清凉。

一会儿，他似乎退后的样子，越加缠绵旖旎了。像河中一朵蓝花一样，丽达慢慢地展开给他。她冰冷的两膝间感到鸟身底温热。忽然，她呻吟起来：呀！……呀！……她底四肢震动得像风中的细枝一样。天鹅底嘴已经深深地刺进她底身里，他底头在里面如疯狂般摇动，仿佛在食着那些甘美的脏腑似的。

继着便是一阵过量愉快底呜咽。她双目紧闭，发烧的头垂后，纤柔的指把幼草乱拔，痉挛的小足凭空挣扎，在寂静中宛转地展开来。

半晌，她动也不动。略略转侧，她底手便在身上遇到天鹅底鲜血淋漓的嘴。

她坐起来，默默地看着这雄伟的白鸟。河水明丽地颤着。

她想站起来：鸟儿却阻止她。

她想取一勺水放在掌心来消解这愉快的痛楚：鸟儿却用翼来挡住她。

于是她把他抱在怀里，把那雪白的羽毛吻来吻去。羽毛都一根根地竖起来了。然后她在岸边躺下，沉沉地睡去。

翌日清晨，像晓色初升一样，一种新的感觉让她觉醒，仿佛有什么东西从她底身上坠下来似的。原来是一只很大的蓝蛋在她底面前旋转着，晶莹如蓝宝石。她想拿起它来玩弄，或且埋在热灰里煮熟它，像她常见那些山精所干的一样。但是天鹅却用嘴来含起它，放在枝叶杂披的芦苇丛中。他张开了翅膀把它覆住，定睛望着丽达。然后迟迟地一直飞上半天，与最后的一颗白星在熹微的晨光中隐灭了。

（三）

丽达希望群星复上时天鹅会归来。她在河边的芦苇丛中，在那藏着由他们俩灵迹般的结合产生的蓝蛋处期待着。

欧罗达斯河原是天鹅群聚之所，可是那一个已经不在了。就是在千万天鹅中她也会把他认出来；不呀，只要闭着双眼她也会觉到他行近的。可是他已经不在那里了，她是毫无思疑的了。

于是她脱掉那水叶做的花环滑在清流里，披散了她底蓝发哀哀哭着。

当她拭去眼泪看时，一个山精已经悄悄地走到她底跟前了。

因为她已经不像孚比。她已经失掉她底童贞了。山神们再不畏惧她了。

山神柔声问她道：

“你是谁?”

“我是丽达。”她答道。

他缄默了一会儿。又问：

“为什么你不像别的女神一样呢？为什么你像水和夜一般蓝呢?”

"我不知道。"

他惊愕地望着她。

"你孤零零地在这里干什么呢?"

"我等候那天鹅。"

她眼巴巴地向河面望着。

"哪个天鹅呀?"他问道。

"就是那天鹅。我并没有呼召他，也从不曾见过他，而他竟来了。我觉得非常惊异。我要告诉你。"

于是她把事情底始末告诉他，并且拨开芦苇把晨间的蓝蛋指给他看。

山精明白了。他哈哈地笑起来，并且给了她许多不堪入耳的解释，以致他每说一个字她都要用手指来封他底口。她喊道:

"我不要知道!我不要知道。啊!啊!你都教我知道了啊!这是可能的么!现在，我再不能爱他了，我要苦楚到死了!"

他用臂儿捉住她，怪热情地。

"不要扪触我!"她哭道，"啊，今天早上我是多么快乐呵!我真不知道我那时快乐到什么程度!现在就是他回来，我也不会再爱他了!现在你都告诉了我!你是怎样可恶呵!"

他把她完完全全抱住了，并且轻轻地抚弄她底头发。

“啊！不呵！不呵！不呵！”她更放声喊起来，“啊！不是你！啊！不要这样做！啊！那天鹅！要是他回来……唉！唉！什么都完了，什么都完了。”

她睁大了眼睛，却并不哭，口儿张开，手儿怪可怜地震着。

“我要死去。我也不知道我究竟能不能死。我要死在水里，但我又害怕那些水神们，怕她们把我拉去和她们在一块。啊！我究竟干了什么呵！”

于是她伏在臂上放声大哭。

但是一个严厉的声音在她底面前发言了。她睁开眼时，看见河神带着青草之冠，半身露出水面，倚着晶木底舵儿。

他说道：

“你原是夜。你却爱上了那一切光明与荣耀底象征，而且和他结合在一起。

“从象征生出象征，更从象征生出美。她就在你产下来的蓝蛋里。从世界之始，人们就知道她底名字是海伦；就是到世界末日，最后那一个人也将知道她曾经存在。

“你从前是充满爱，因为你浑噩无知。那是歌颂那吉祥的黑暗的。

“但你也是妇人，在同日的晚间，男人也曾滋润过你。

“你在你底身内孕育着一个它底父亲不能预知，它底儿子也不会知道的唯一无二的生物。我要把它底幼芽放在水里。它将永远存留在空虚里。

“你也曾充满了憎恶，因为你彻悟了一切。我要使你都忘记了。那是歌颂那吉祥的黑暗的。”

她也不明白他说的什么，她只哭着感谢他。

她于是走进河床里涤净了山神底亵渎。当她重出水面时，一切哀乐底记忆都失掉了。

迷朗特利安不再说话了。女人们都默默地躺着。然而，莱亚忽然发问了：

“加士多尔与波离德杰士呢？他们是海伦底兄弟。你一点儿也不提起他们。”

“不，那是一个荒谬的传说，他们一点儿趣味也没有。只有海伦才是天鹅所生的。”

“你怎么知道呢？”

“……”

“你为什么说天鹅把嘴儿刺伤了她呢？传说里并没有这一点，而且亦不近情理的。……为什么你又说丽达像夜间底水一样蓝呢？你也有理由可说么？”

“你不曾听见河底话么？切莫要把象征来解释和参透。要有信心。别怀疑。创造象征的人必定藏了一个真理在里头，但他决不宣示出来。不然，为什么要把它象征起来呢？

“切莫把外形撕破，因为它所蕴藏的是无形。我们都知道这些大树里面关住了许多绰约的女神，可是樵夫把树儿劈开时，她们早已憔悴死了。我们都知道我们底背后有许多山精和裸体的野灵舞蹈着；但是我们只要一回头，什么都隐灭了。

“翠流底滟潋的反映就是水神底真身。一只山羊站在母羊群中就是山精底真身。你们当中无论哪一个也就是婀扶萝嫡蒂[7]（Aphrodite）底真身。但是千万不要说出来，也不要知道它，也不要去求知道它。这就是爱与乐底无上要素。那是歌颂那吉祥的黑暗的。”

二　永久安息之路

现在，那些哥林多女人来到了树林中最幽邃最阴森的岩穴，半点儿兽迹人影都没有：连寂静也似乎熄灭了，让步给些更飘忽更荒凉的东西。她们倒退一步，把手抬到额间，睁开了眼帘，却毫无所见；张大了嘴唇，却肃静无声。

战战兢兢地（因为她们感到给夜勾引着），她们紧紧地相抱在一起，恍惚那些可怜而渺小的幽魂在海岱士门前互相推挤着，却死都不要进去一样。

台拉世士底声音把她们从麻木的恐怖唤转来了，他说：

“不错，这是进鞑尔鞑尔的路口之一，但是断无可怕的道理；骑犁士所定的日子未到以前，你们当中没有一个望得见辟世风尼底黑烛的。而且那正是我们底大欢喜日，我们应该爽爽快快地去欢迎它才是啊……”

“我并不想死呵。”莱亚说。

“台拉世士呵，你说的什么呢？”聪明的婀玛希梨问道，“因为死扰乱我底衷怀，像她底一样：我从没有想到死而不惊心动魄的。”

台拉世士并不争辩，免得受那陈腐的理论底烦恼。他只随自己底欢喜，把他底冥想蕴含在一个奥妙而精巧的故事里。

那些哥林多女人都坐在一条细滑的长石上。他呢，却站在基理尼亚士与迷朗特利安底中间：前一个太神绪散漫了，无心听；后一个太聪了，不愿意听。

他慢慢地开始，好像不敢说的样子，他底语气短促，他底声音踌躇而且低沉。

（一）

一座阴沉沉的栢树林。

薄暮。

七个青年和七个少女手搀手踱着。

他们乘黑帆之舟，来自亚狄卡。

当中一个名替慈的，是埃世底儿子，埃世是彭悌翁底儿子，彭悌翁是基郭伯底儿子，基郭伯又是伊力替儿子。

青的棕榈！橡叶的冠！呼号！胜利！桂枝！伸张着的臂！一伙儿扈从着那英雄……

扈从着那英雄……

他们乘黑帆之舟，来自亚狄卡。

在这冷森森的渡船中，他们都一双双互缔同心底密约，以期到死之岸相逢，在那缤纷着媚黄的水仙花的软茵上……

在那人牛——巴意华斯底羞辱之果——为他们预定的阴惨怖人的死之岸上。

他们都互订同心底密约了。可是还有两个孤单的：就是那手交手的英雄替慈，和踱在他身边的贞女美梨司。

暮色从地面徐徐起了。

天际古栢苍然，夕照底斜辉透射疏落的林影如万千明灿而疾舞的利剑。

慢慢地，一对一对地，这些囚徒们穿过太阳底剑林。他们都预知途中还要经过多少才可以达到迷宫底门口：于是便是幽瞑的永夜了。

至少，他们相信如此罢。但替慈，和在他底心里的美梨司，却自胸有成竹。

他们尽管踱着。

他们尽管踱着。

他们终于到了。

可是他们还未越过太阳底最后一条光线时，忽然听见背后枯叶上急促的足音。

他们都回头了：一个女人在那里，呆呆地站着。

她体态娇娆，脚踏瘦长的皮履，身穿婀眉提司底丫头式短袄，外面裹着一张宽大的白绡，两颗金纽扣在臂膊上，腰间松松束着带儿，柔脆的双膝仅露。璎珞垂垂的鬓鬟下闪着银旒，她底细发则或编或鬈，或束起来作斯巴达妆，典雅而自然。棕睛明眸，傲气凛凛，一望而知是克勒提底公主婀梨安娜，弥那司底女，太阳底孙女。

她一招手：替慈便向她走近；再招手：其余的人便远远避开，继续他们底旅程，一直走到那从西方蔓延过来的火穴而止。

她呢，还喘息不已，两颊暖烘烘的，眼帘半张地微笑着。她伸开臂儿，轻轻拨开英雄额上浓黑的厚发：

“你真漂亮。”她很愉快地说。他默然。

她毫不留意，尽管往下说：

“啊！我知道你必定杀掉密哪驼儿。当你把那犷恶的脸儿在石上撞碎时，众神将齐倚在你底手上。但是你将怎样走出这迷离的墓窟呢？你将高擎那可憎的头颅，得意洋洋地死在那锁闭的巷里，在那终古板着冷酷的面孔的两壁间。力所能奏效的，聋的遗忘将使它朽去。你不知道这座宫殿是一阵磐石的旋风，肆身其间的永不能脱身么？但我却替你想及，埃世底儿子呵，在我底两胸间我为你带来了救星。”

她把手溜进衬衣里，抽出一缕青绒来。

“这就是，”她说，“是我底密列之线。它细如我底柔发，长如这岛底一周。我可以将它织成衬衣供这座树林底全部女神用，可以结成一叶青帆在海上浮。拿去罢。你要把它解松，随行随放出来直至那怪物底荒穴。你就可以循着它向光天处回来。”

他转身向那些供牺牲的人。“去罢，”她叫道，“你们平安了。”

她逃开去。美梨司却不动。

替慈接过青绒，并问道：

“你是谁?”

“我是属于你的。”

“我可以唤你底名么?”

“婀梨安娜，朱而士底七世孙女。父亲是弥那司，克勒提底国王。但是如有别的名字中你底意，说出来，那就是我底名字。”

仿佛俯向东方似的，他凝视着婀梨安娜底双眼，然后一声不响地走进迷宫去了。

“替慈！替慈！”她唤道。

“替慈，止步罢！我不能再期待了；我要去！我要见你！啊！我很想亲身临视那血肉横飞的胜利。进去。让我来握线。当你把怪兽砍倒时，我将狂吻那给利角损伤的丽手，而且你就在得胜处就地成我底丈夫。”

于是她举步踏进那惝恍的夜里，把青绒下垂底一端紧悬在石上。但当他从英雄底臂间走出，让绒线从紧握的指隙漏下来时，那把他们维系于生命的碑志却是被绞的美梨司底可怜的尸体。

（二）

幽林与碧海之间。

清晨。

一片小圆的沙滩，净而黄。

婀梨安娜在拿梳岛上醒了，却依然闭着双目，因为她想默默重温近来的旧事，就是自从替慈令她在自己底灵魂里发现一个陌生的婀梨安娜那一天。

栢林，阳光底利剑，洞口，白衣的牺牲品，无甲胄无武器的英雄，青绒，碑志，狭巷，突然的转弯，无尽头的下降，无尽火的上升，怪兽涕水涟涟的鼻，利角，惊人的巨手，短促的角斗，地上淋漓的血，黑暗中的归途，光天底重见，草尖底露滴，栢树梢头底薄暮，温甜的蹀躞，离别，船身底初移，海的气味，夜色，第二次黄昏和登岸。

她知道她曾经睡在杀手底身边，与他底光荣并肩卧着，她从美满的幸福醒来，当前是一般欢乐与确定的生命远景。

她底手儿伸开，重复倒在地上。她底手儿寻着，转着，退后，愕然。永远是草或沙或冷花或污泥。

她唤道：

“替慈！”

她睁开眼，张开口，站起来，高举双臂：一粒可怕的汗珠从蓬松的发间溜下来了。身边，面前，脚底，臂间，全不见……

她奔向海面，舟已启帆了。

远处，半在云上，半在波上，一只黑色的小鸟疾飞着，这就是载着替慈底命运的轻舟，可是太远了，目光便分辨不来，绝望的呼声未到已先沉了。

疯了！她把衣抛在沙滩上。投身进海里。海浪冲击她冷颤的两股，水没了她底腹。

她叫道：

“婆罗西憧，碧海底王，滔滔绿浪底牧人啊！举起我，冲我到那即是我自己的人儿那里罢！……”

婆罗西憧听见了，可是并不俯允她底呼吁。灵迹似的水把呜咽的婀梨安娜夺去了，轻轻抛在绒绒的绿苔上。

船已在海壁底后面隐灭了。

一时，喧声四起，人声，骇号声，林地霹雳声。

“喂！伊和翳！谁在路上，谁在路上？”

醉醺醺的女酒神们从山上连翩而下，还有山精与牧神，在魔杖下互相拥挤着。

“谁在路上！谁在家里！依雅哥斯！依雅哥斯！伊和翳！”

她们都挂着狐皮，系在左肩上。

她们底手舞着树枝和青藤底圈儿，她们底发给繁花坠到她们底颈背几乎折了；她们底胸纹变成了汗底溪流，她们股上反映无异于夕照，她们底狂叫喷着怒飞的唾沫。

“依雅哥斯！美的神！强的神！生的神！依雅哥斯！领导我们底狂宴罢！依雅哥斯！鞭挞和指引罢！激怒群众，蹂躏乱哄者和捷足们罢！我们是属于你的！我们是你底气息！我们是你底扰攘的欲望！”

可是她们骤然见婀梨安娜了！

她们一伙儿倒在她底身上，拉她底臂，拉她底腿，扭她底惨淡的发；第一个捉住她底头，然后，脚踏在肩上，把它像一朵沉重的花般拔出来！别的磔裂她底四肢，第六个撕开她底腹，把小胎抽去。第七个呢，用手插进胸里，把血淋淋的心挖出来。

神，神显现了。

她们都蜂拥向着他，手里挥舞着旌旗……

他是裸体的，头戴麻冠，腰系鹿皮，手捧着一只黄杨木杯。

他说：

“放下这些可怜的肢体罢。”

那些女酒神们齐把婀梨安娜底残躯抛在地上；他一挥手，她们便向着四山溃散了，像群羊给野蜂追逐一般。

于是他微倾手里的空杯，杯汩汩然流着；看呵，四肢骤然合拢，心儿恢复跳动，迷离的婀梨安娜支着手儿起来了。

“翟阿尼梭斯啊！”她说。

幽明的夜浸着海面。

神把五指向前伸，带着严肃而慈怜的声音说：

“起来！我是醒悟。”

“起来！我是生命。”

“挽着我底手……”

“随我来……”

“这是永久安息的路了……”

（三）

一条崎岖而裸露的山峡。

夜。

静。

“他现在怎样了呢？”婀梨安娜问道，“我已忘掉他底名字了，可是我还记得他把我抛弃。”

“他必定，”神答道，“他必定要抛弃你，因为这是你所信赖爱底律法。求爱的将不得爱；得爱的将必逃掉。所以你错了，但是今天你可走着正路了，在这永久安息的路上。”

“翟阿尼梭斯王呵！这安息是怎样的呢？”

“你不曾感着么?”

“真的。我已经不是婀梨安娜了。我已觉察不到我从前损伤的脚底下的石和叶了。连空气底清鲜也感觉不到了。我只觉着你底手。”

“可是，我并没有触到你……”

“你领我到什么地方去呢，万民礼拜的神呵?”

“你将永不见太辉煌的日光和太黑暗的夜。你将永不感到饥和渴，爱和倦。至于那最大的恶，对于死亡的恐惧呢，婀梨安娜呵！你已经永远超脱了，因为实际上你已死了。看，何等安乐!”

“哟！我怎么会想到没有那恶毒的爱，人们亦可以得快乐呢。”

“看我……”

“不这样我也看见你。我看见你。救主呵！你领我到哪里去呢?”

“你要到的国度是飘忽、昏黄、轻逸、无形、无色的。那里草无异于花，像天和水一般灰白。空气终古沉寂不动：光如冬昼或夏夜一般神秘。白天不知是从地面升起还是从苍穹下降。蓓蕾永不开花，瓣儿不再凋谢了，枝上没有鸟儿讴歌，而六千兆幽灵底声音却是一片不可言喻的静。你将不再有眼睛：为什么还要看呢？你将不再有手：还有什么可抚触呢？你将不再有唇，你将永远解脱了亲吻了。可是现实底影将仍在你底四周浮动，剩下的生命是一场无苦无乐的梦；无欲望又无享乐，你将永不再识痛苦了。”

“你也住在你应许我的你的国度里么?”

“我是群影底魔王，地狱之水底主。我高据黑暗的王座；我举着的指儿招引幽魂朝它走，它们来自世界底极端，在我底眼前旋转、晕眩和振翼。我头戴麻冠，因为正如折下来的葡萄在榨机底脚下再生而流成紫芳醪。死底哀痛亦很灵妙地化为复苏底陶醉，我手持麦穗，因为，正如腐了的种子在肥沃的土壤里再生为油油的碧草，痛苦与不宁亦一样地在你所皈依的永久安息里萌芽、开花和忘形。”

“我在那里是否和你远隔，群众里一颗伶仃孤苦的魂呢?”

“不：你将统治，在我底身边统治，美发垂垂的女王呵！你底秀颜将反映阴间草地底宁静。幽灵们将先谒见你。你将享有那众神不能有的快乐，去凝视幸福在万千不朽的幽灵底永寂的眼里诞生。”

“翟阿尼梭斯呵！……”

于是她举起双臂向他。

“完了么?”菲铃娜说。

“我不再多讲了。”

莱亚，气忿忿地：

“辟世风尼才是地狱底女王呢!”

“对了。”台拉世士说。

于是那刚才听到这神话底收场的迷朗特利安，把讲故事的人拉开，眼愣愣地望着他说：

“你不曾说出你所想的。”

“并不。当翟阿尼梭斯对弥那司底女儿这样说了之后，事实是他把她毁灭了。但是单由这番未来幸福的话，他赐给她的快乐可不多于他所应许的么?我刚才为这些女人所干的正与他为婀梨安娜所干的无异。别撑开她们底眼。宣说真理不如颁布信心，因为希望比胜利温柔呀。”

“悔恨却温柔于希望。”

“女人们可不知道这些。”

注释：

1 婀提眉司即荻安娜之希腊名，为狩猎之女神。

2 哥林多，古希腊繁盛的城之一，与雅典及斯巴达齐名。其居民以风流淫逸闻于世。

3　欧罗达斯，拉干尼（即斯巴达）河名，诗人多吟咏之。

4　时昧儿，伊琪娜德及太风所生之妖怪。狮头龙尾羊身，尾喷火焰。

5　密哪驼儿，密哪之妻巴斯华意与一白牛交合所生。半人半牛。提泰尔闭之于克勒提迷宫中，而以人肉饲之。时雅典新战败，每年须以七男七女进贡供怪物之养料。其后替慈自告奋勇，与之斗，杀之。

6　孚比，天与地所生之女。

7　婀扶萝嫡蒂，即薇娜司之希腊名，为司爱情之女神。

梵乐希

《骰子底一掷》

《骰子底一掷》是马拉美一首独创的奇诡的诗名缩写，全名是《骰子底一掷永不能破除侥幸》（*Un Coup de dés Jamais N'abolira le Hasard*）。

（译者注）

我深信我是看见这非常的作品的第一个人。刚写完，马拉美便请我到他家里去；他把我带到他那罗马街底书房里，在那里，在一张古旧的壁锦后面，贮藏着许多笔记底包裹，他那未完成的杰作底秘密的材料，一直到他底死，那由他发出的它们底毁灭底信号。他把这诗底手写本放在他那弯腿的黝黑方桌上；他开始用一种低沉，平匀，没有丝毫造作，几乎是对自己发的声音诵读。

我喜欢这极端的自然。我觉得人类底声音，在那最接近它源泉底亲切处，是这么美，以致那些职业的朗诵家对于我几乎永远是不可耐的：他们自以为阐明、诠释，其实却充塞、败坏一首诗底意旨，改变它底和谐；他们用自己抒情的腔调来替代那些配合的字本身底歌。他们底职业和他们那似是而非的技术可不是要人暂时以为那些最散漫的诗句是崇高的，而使大多数只靠自己而存在的作品显得可笑，甚或把它们毁灭吗？唉！我有时居然听见人朗诵《海洛狄亚德》，和那神妙的《天鹅》呢！[1]

马拉美既对我，仿佛是为一个更大的惊讶的简单准备，用最平匀的声音读他底《骰子底一掷》之后，终于令我审视那法令底本文。我仿佛看见一个思想底形态第一次安置在我们底空间里……在这里，面积的确在说话，沉思，产生一些物质的形体。期待、怀疑和集中的是些可睹的实物。我底目光接触着一些现身的静默。我悠然自得地静观着许多无价的刹那：一秒钟底一小部分，在那里面一个观念惊诧，闪耀和破碎的；时间底原子，无数心理的世纪和无限的影响底萌芽，——都终于像实体一般显现出来，给它们那变成了有形的空虚环绕着。那是些微语，暗示，对于眼睛的雷鸣，整个精神的风浪被引导从一页到一页以至思想底极端，以至那不可言喻的砰然破碎的顶点：在那里，威灵骤然产生出来；在那里，就在纸上，我不知什么最后的星辰无限清纯地熠耀在意识间的空虚里颤动，——在这同一的空虚里，仿佛一种新物体，成堆成串和成系地分布，共存着那“语言”。

这空前的凝定使我愣住了。全诗令我神往得仿佛一群新星被提示给天空；仿佛一个终于有意义的星座显现出来。——我可不在目睹一件具有宇宙性的事件，而此刻，在这桌上，由这人，这冒险家，这个那么朴素，那么温柔，那么自然地高贵和可爱的人展示给我的，可不有几分是“语言底创造”底理想景象吗？……我感到为自己的印象底纷纭所眩惑，为景象底新奇所抓住，整个儿给无数的怀疑所分裂，给未来的发展所摇撼。我在万千个不敢说出来的疑问中寻找一个答案。我是一个惊羡、抗拒、热烈的关心、初生的类同底组合体，在这心灵底创造面前。

至于他呢，——我相信他毫无惊讶地审视着我底惊讶。

*　　*　　*　　*

一八九七年三月三十日，当他把那将由世界书店(Cosmopolis)出版的这首诗底校样交给我时，他带着一个可敬的微笑——那由他底宇宙意识启发给他的最纯洁的骄傲底装饰——对我说：“你不觉得这是一个疯狂的举动吗？”

马拉美提倡的诗歌理论十分重视版面及字体，他认为每一种字体和空间都有其特定的意义，阅读诗歌时要从整体着眼，一本书打开之后，双页要作为一页来看。

过了不久，在瓦尔文（Valvins)，在一个开向一片静谧的田野的窗缘，他把那由腊于勒（Lahure）书店精制的大版本（它始终没有出来）底辉煌校样打开，重新问我关于字体安排（这是他尝试底主要点）底某种枝节的意见。我搜寻，我提出一些异议，但唯一目的是希望他答复……

同日晚上，他伴我到车站去。七月底繁天把万物全关在一簇万千闪烁的别的世界里，当我们，幽暗的吸烟者，在大蛇星、天鹅星、天鹰星、天琴星当中走着，——我觉得现在简直被网罗在静默的宇宙诗篇内：一篇完全是光明和谜语的诗篇：照你所想象的那么悲惨，那么淡漠；由无数的意义所织就；它聚拢了秩序和混乱；它同样有力地否认和宣扬上帝底存在；它包含着，在它那不可思议的整体里，一切的时代，每时代都系着一个遥遥的天体；它令你记起人们最确定、最明显、最不容置辩的成功，他们底预期底完成，——直到第七位小数；又摧毁这作证的生物，这敏锐的静观者，在这胜利底徒劳下……[2] 我们走着。在这样一个夜底深处，在我们互相交换的谈话中，我沉思着那神奇的尝试：怎样的典型，怎样的启示呀，那昊苍！在那里，康德，或许颇天真地，以为看出了道德律的，马拉美无疑地瞥见了一种诗底"命令法"：一种诗学。

这璀璨的散布；这些灰淡的如火的丛林；这些判然各别

而又同时存在的几乎是精神的种子；那由这满载着无数的生和死的静默所提示的浩荡的问号；这一切——本身是光荣，无数矛盾的现实和理想底奇异的总和——可不应该暗示给一个人那要将它底“效力”重造出来的无上的诱惑吗！

“他终于，”我想道，“试去把一页书高举到和星空底权力相等了。”

* * * *

他底发明，从语言、书籍、音乐底分析演绎出来，苦心搜索了许多年，完全建立在那对于“页”——视觉的统一——的考虑上。他曾经很仔细研究（甚至在广告和报章上）黑白分配底效力，以及字体底强烈。他想发展这些一直到他手上还是专为粗糙地引起注意或当作文字底天然点缀的方法。但一页书，在他底系统里，得要，一面诉诸那在阅读之先而又包含着阅读的流览，“指挥”全诗结构底进行；由一种物质的直觉，由一种介乎我们种种不同的知觉或我们感觉底不同的步骤之间的前定和谐，令我们预感到那将要显现给我们机智的内容。他输入一种肤浅的阅读，把它和那文学上的阅读联系起来；这简直是为文学国度增加了一个第二方向（dimension）。

我们别误会作者（在世界书店极不完全的版本底序里）

所认许的朗诵《骰子底一掷》的自由。它只适用于一个已经和本文熟悉的读者：眼睛望着这抽象的图像底美丽画册，他终于能够用自己的声音来兴起这心灵的冒险或危机底表意文字的大观。

在他写给纪德而纪德一九一三年在“老鸽巢戏院”演讲时曾引用过的一封信里，马拉美很清楚地说明他底意旨。

“这诗，”他写道，“正在印刷中，关于‘页’的安排（整个效力都在这上面）完全依照我底意思。有些大写的字自己便需要全页的空白，而且我相信必定发生效力。一有适当的校样我便寄一份到翡冷翠给你。那上面的星座当然要。依照一些准确的规律并且在一页印刷的文字所能够做到的范围内，饰取一个星座底步态，船只在那上面做成倾斜的样子。从页顶到页底，等等；因为，而这就是那整个观点（我在一个定期刊物上不得不略去的），一句话底节奏对于一件事，甚或一件物，除非把它们摹仿出来，是没有意义的，而且印在纸上，用字来替代原来的木版画，无论怎样也传达不了多少。”

我觉得我们不应该把这首诗底创造看作由两个相继的动作实现的：一个是依照平常写诗的方法，就是说，脱离一切空间底形态和广袤；另一个赐给这写定本那适合的安排。马拉美底尝试必然地比这更深刻。它是在构思那一刻，是一种构思底方式。它并不沦于把一个视觉的和谐嵌在一个先存的心灵旋律上；却要求一个对于自我的极端、准确和精微的占有，由一种特殊的训练得来，使我们可以，从某根源到某终点，指导“灵魂底各别的部分”底复杂和刹那的一致。

二十五年四月十四译

原刊《诗与真二集》

注释：

1 《海洛狄亚德》(*Hérodiade*) 是马拉美两首著名长诗之一；《天鹅》(*Cygne*) 是他底最完美的“商籁”之一。

2 这段话显然是记起和为了回答巴士卡尔这有名的思想：“这无穷的空间底永恒的静使我悚栗”而写的。法国现代哲学家彭士微克(Brunschvig) 以为梵乐希这段沉思，同时由“生命本能”底语言和“理性智慧”底语言构成的，很奇妙地说明哲学史上本能与理性两种展望底错综的混乱。

里尔克

听石头的人

我又到我底风瘫的朋友家里。他带着他那特殊的微笑说：

"关于意大利你从不曾对我说过什么。"

"这是否说我该及早追补那失掉的光阴呢？"

爱瓦尔德点头并且闭起眼睛来听了。于是我开始：

我们所感到的春天，在上帝看来，不过像一个悠忽的小小微笑溜过地面。这时候大地仿佛记起什么似的；到夏天它便对大众高声述说，直到在秋天无边的静里变乖了，它默默地对孤寂者密语。你和我所活过的春天加起来也填不满上帝一刹那。春天，如果要上帝觉到它存在，不该仅逗留在草原和树上，它得要用某种方法深深感动人心，因为这样它就不在时间里，而在永恒里在上帝面前演奏了。

有一次，这个发生了，上帝底眼光把它玄秘的飞翔悬在意大利上面。底下，地面非常明亮，时光像金一样闪耀着，可是斜印在那上面，像条阴暗的路似的，伸展着一个肩膀很宽，沉重而且浓黑的人影。更远一点，在他面前，他那双手底影子焦躁而且拘挛地工作着，时而在比沙，时而在拿坡里，有时更消失在大海底晃漾的波动上。上帝不能把他底眼光离开这双他起初以为合十祷告的手——可是从那里溅射出来的祷词却把它们大大地打开了。群空中起了一阵沉默。一切圣徒都跟着上帝底眼光移动，而且，和他一样，凝望着那把意大利遮掩了一半的影子。天使底歌声在唇上停止了，星星都在颤抖着，怕做错了什么，并且，谦逊地，静待上帝底震怒。可是并没有这样的事发生。天空整个儿张开在意大利上面，于是拉斐尔（Raphael）在罗马跪着，菲耶索莱山（Fiesole）上幸福的弗拉·安杰利科（Fra Angelico）站在云端，感受着无限的欢乐。这时候无数的祷告在路上奔驰，在天与地之间。但上帝只认识其中一个：米开朗基罗底力量像葡萄园底芳香向着他氤氲上升。他苦于这力量占据了他整个思域。他更往下倾，发现了那在工作的人，从肩膀上瞥见了那双听石头的手，忽然害怕起来：难道石头也有灵魂么？为什么这人在倾听着石头呢？于是他看见那双手醒来了，它们在探索着那像坟墓似的石头，里面闪着一个柔弱的垂死的声音：

“米开朗基罗，”上帝惴惴地喊道，“谁在石头里？”

米开朗基罗侧耳倾听；他底手发抖了。他用哑重的声音答道：

“你，上帝。还有谁呢？但是我到不了你那里。”

于是上帝明白他在石头里，他觉得窒塞不安。整个天空只是一块石头，他被关在中间，希望米开朗基罗底手把他救出来。他听见它们来了，可是还远远地。同时那雕刻大师重复俯向他底作品。他不断地想道：你不过是一块小石头，别人就很难得在你里面找到一个人影。我却在这里感到一只手臂：那是约瑟底；玛利亚在这里低俯着，我感到她那颤栗的手搀着那死在十字架的我们主耶稣。如果这块小云石容得下这三个，我为什么不能使整个沉睡的民族从一块大石头矗立起来呢？于是他三两下工夫就把那座 Pieta（圣母哭尸图）底三个像解放出来，但是并不完全揭开面孔上那石幕，仿佛怕他们底深沉的悲哀会渗进他底手，使它们变成风瘫一样。同时他也就跑到另一块石头去。但每次他都不愿意把那丰满的光明赐给一个前额，或把最清纯的曲线赐给一只手，而当他塑造一个女人的时候，也不在她底口周围安上那最后的微笑，使她底美不完全泄漏出来。

这时他正在起草那尤利乌斯二世（Jule della Rovere）教皇底墓。他想在那铁做的罗马教皇上面建造一座山，并且添上一个在那里繁殖的民族。给无数朦胧的计划所激动，他走向云石坑里。那山坡耸立在一个可怜的村庄上。在许多橄榄树和枯萎的石丛中，新鲜的裂缝露出来，像一张灰白的脸半掩在那渐渐老去的鬓发下。米开朗基罗在这蒙着的额头面前站了许久，忽然瞥见一对石做的大眼睛从底下注视他。他觉得自己在这注视的影响下渐渐长大起来了。现在他也高耸出地面了，他自己觉得永远是这座山底兄弟般并排列着。山谷在他脚下往后退，和在一个登山的人底背后一样，村里的茅屋像羊群般挤作一团，石头底面孔在白色的石幕下也显得越近越亲切起来，表现着一种静待的神气，同时又已经在动底边沿了。

米开朗基罗沉思道：

“人打不碎你，因为你是完整的一块。”

然后高声说：

“我要完成你。你是我底作品。”

于是他回翡冷翠去。他看见一颗星，和礼拜堂圆顶底阁。黄昏围绕着他脚下。

忽然，到了罗曼拿门的时候，他踌躇起来了。两行屋宇像手臂般伸向他，它们已经把他抓住并拖到城里了。街道越狭越昏暗；他回到家里的时候，他觉得自己被幽冥的手紧握住，再不能逃脱了。他躲到客厅里，又从那里躲到那间他常常在那里写作的纸下，几乎没有二尺长的房里。四壁向他走拢来，仿佛在和他那过度的伟大挣扎，强迫他恢复从前那狭小的形体。他任其自然。他跪下来让它们把他形成。他在自己里面感到一种谦虚，一种想变成渺小的愿望。于是一个声音来了：

"米开朗基罗，谁在你里面?"

于是那人在他那狭小的房里把额头搁在手上，低声说：

"你，我底上帝。还有谁呢?"

于是上帝的四周立刻宽起来了，他举起那挂在意大利空中的面孔四顾：圣者在他们底冠袍里站着，天使们在万千灿烂的星辰中往来，带着他们底歌像些充满了光明的水壶；而天空是无穷无尽的。

我底风瘫的朋友举起他底眼睛追随着那流荡在空中的暮云。

"上帝就在那里么?"他问。

我默着，然后俯向他：

"爱瓦尔德，我们就在这里么?"

于是我们热烈地握手。

译自《上帝底故事》

图书在版编目(CIP)数据

梁宗岱译作选 / 梁宗岱译；黄建华编．—北京：
商务印书馆，2019
（故译新编）
ISBN 978-7-100-17585-2

Ⅰ．①梁… Ⅱ．①梁… ②黄… Ⅲ．①梁宗岱
（1903–1983）—译文—文集 Ⅳ．①I11

中国版本图书馆 CIP 数据核字（2019）第 125908 号

故译新编
梁宗岱译作选
梁宗岱 译
黄建华 编

商 务 印 书 馆 出 版
（北京王府井大街 36 号 邮政编码 100710）
商 务 印 书 馆 发 行
上海雅昌艺术印刷有限公司印刷
ISBN 978-7-100-17585-2

2019 年 8 月第 1 版　　开本 787×1092 1/32
2019 年 8 月第 1 次印刷　　印张 10⅞

定价：56.00 元